AVANT-PROPOS

Fin novembre 2009, le début de pandémie du virus H1N1 a fait naître « le dernier livre » sous la plume, qu'on pourrait croire visionnaire, de Fabienne PRECARDI. Cependant, pour cette écrivaine, la contamination mondiale de l'humanité par un virus n'est qu'une question de logique, un aboutissement prévisible.

Comment Sara, l'héroïne de ce roman, vivant dans le Verdon, va-t-elle organiser sa survie ? Quel sens va-t-elle trouver à sa nouvelle existence ? Pour fuir les miliciens, elle prend la route la menant à la terre de ses ancêtres. Sa rencontre avec deux rescapés va lui apporter une lueur d'espoir

LE DERNIER LIVRE

Assise sur le rocher plat devant l'entrée de la grotte, Sara admire la profondeur du canyon le plus long d'Europe. La haute falaise qui lui fait face est un énorme bloc abrupte de calcaire gris et orangé aux plissements torturés. Dans certains creux de la paroi où une pauvre terre s'est accumulée, quelques touffes de buis et de genévriers poussent chichement. Dans le fond étroit du canyon, un ruban de jade s'étire : le Verdon. Cette rivière, il y a des milliers d'années, tumultueuse et puissante, a creusé sa course sinueuse dans la roche en y modelant des voûtes. Son flux a diminué au cours des siècles jusqu'à devenir une rivière peu profonde, domptée par les barrages de l'homme. Lorsqu'elle rejoint le lac de Sainte-Croix, elle abandonne son collier de jade pour devenir un grand miroir d'eau bleue. Sur ce lac, l'été, une multitude de canoës kayaks et de pédalos avancent doucement, laissant dans leur sillage une traînée de diamants brillant au soleil.

Sara profite des derniers rayons de soleil rasant la crête rocheuse lui faisant face. La chaleur est douce sur son visage. Elle ferme les yeux pour mieux apprécier ce plaisir et hume l'air à plein nez pour prendre conscience du parfum de la lavande et se mêlant à celui du thym tout proche. Elle écoute le chant d'une mésange perchée sur le petit pin qui pousse courageusement dans une faille. Quand l'âme est au repos dans un environnement agréable, les sens s'ouvrent.

Les instants de quiétude sont fugaces. Le soleil s'est couché derrière les falaises du canyon. L'air est tout de suite plus frais. La jeune femme soupire, se lève à regret de la roche plate et entre dans la caverne. Elle n'est pas claustrophobe, cependant elle ressent davantage la solitude en pénétrant, une lampe de poche à la main, dans les ténèbres de la cavité. Cet habitacle inhabituel est la conséquence d'une situation inhabituelle.

Sara observe les cloisons de quatre mètres de long en blocs de béton cellulaire qu'elle a montés dans un angle de son étrange habitation. L'avantage de ce matériau est qu'il est léger, se scie et s'assemble aisément à l'aide d'une colle facile à réaliser. La porte qu'elle a posée donne accès à une pièce d'une quinzaine de m2 environ dont les parois sont enduites de blanc. De l'extérieur, on ne remarque pas cet aménagement parce qu'un panneau peint, figurant un éboulis de grosses pierres, en cache l'étroite entrée. A l'intérieur de la caverne, la lumière du jour manque à Sara qui doit s'éclairer avec des lampes à gaz et des bougies. Des panneaux solaires pouvant lui fournir de l'électricité ne pourraient être installés sur le balcon naturel, car leur surface vitrée miroitante trahirait sa présence.

La femme de la caverne a transporté dans son abri un lit pliant, des meubles de jardin, une multitude de coussins de couleurs vives qu'elle a pris dans un magasin de décoration. Pourquoi se serait-elle privée ? Ses vêtement sont rangés dans un grosse cantine, trois autres malles lui servent de garde-manger. Au milieu de la pièce, sur une table basse : un réveil lumineux et un réchaud à gaz. Sur des étagères : une cinquantaine de livres et un jeux d'échecs électronique à piles.

Avec un regard circulaire, Sara se félicite de l'aménagement de la pièce. Un psyché est accroché sur le mur en béton cellulaire. Réflexe de femme ? Pas seulement. Peut-être que de voir son reflet l'assure qu'elle est toujours vivante. Elle n'est pas en train de rêver : elle bouge devant le long miroir et s'observe : elle est de taille moyenne et à nouveau mince. Ses longs cheveux châtain ondulent jusqu'à ses épaules. Avant, elle les portait courts, mais son dernier passage chez sa coiffeuse date. Elle apprécie son visage ovale avec une bouche charnue, des yeux vert foncé en amande, un nez régulier. Sara ne fait pas partie de ces femmes qui ont un regret sur leur physique d'autant plus qu'elle paraît dix ans de moins que son âge réel.

Quittant son image dans le miroir, elle jette un coup d'œil sur l'horloge fixée au-dessus de la porte : vingt heures. *«Déjà ! Le temps passe toujours aussi vite ! Je vais écrire au moins une page sur mon cahier avant mon repas !»* C'est devenu une habitude depuis plusieurs mois. Chaque soir, dans son journal, elle détaille ses actions et ses pensées du jour écoulé. De même, bien que n'ayant plus de compte à rendre à personne, Sara veut connaître l'heure à chaque moment de la journée car elle s'impose un planning quotidien en rapport à sa nouvelle vie. Prisonnière du système alors que celui-ci n'existe plus. Justement, ne plus prêter attention aux heures qui passent, c'est admettre être vraiment seul, que personne ne dépend de nous. Et cela, Sara ne peut l'envisager car elle vit dans l'attente de retrouver les « autres ».

Ici, à l'instant présent, la jeune femme se sent en sécurité. Mais hors de la caverne, il en est tout autrement. « *C'est un retour au point de départ de l'humanité. Sans accident ou conflit nucléaire. Je croyais que l'homme s'auto-détruirait dans un siècle ou deux après avoir utilisé les capacités de son cerveau pour créer l'instrument de sa propre mort. Tchernobyl étant un échantillon. Et bien, non ! C'est un virus qui est à l'origine de la quasi extinction de la race humaine. Un virus transmis à l'homme par un animal sauvage.*

6

Après plusieurs pandémies au taux de mortalité mondiale acceptable comme le SRAS en 2003 et le H1NI en 2009, le virus parfait est arrivé. Si parfait, que certains avaient prétendu qu'il avait été conçu dans un laboratoire étranger. Cependant, si cette pandémie était prévisible, les scientifiques et les pouvoirs publics avaient sous-estimé son ampleur. Ce qui est sûr, c'est que je ne pensais pas vivre moi-même ce qui semble être le dernier épisode de l'humanité. »

La pandémie avait débuté fin décembre. Les premiers symptômes étaient identiques à ceux d'une grippe banale : fièvre, douleurs musculaires, toux sèche. Au bout d'une semaine environ, les personnes contaminées avaient les poumons atteints et crachaient du sang. Puis la fièvre hémorragique avait raison des malades dans les jours suivants.

Ce terrible virus, comme Ebola, perforait le réseau sanguin, adhérait aux poumons et les détruisait. Les gens mouraient en une quinzaine de jours après avoir été infectés. Malgré les précautions en vigueur dès la fin janvier : masques, gel désinfectant, les porteurs du virus sans le savoir avaient contaminé leur entourage. Début février tous les établissements scolaires et lieux concentrant du public furent fermés en dehors des magasins d'alimentation et de carburant, ainsi que les pharmacies gardées par l'armée.

Certains essais de médicaments avaient des effets secondaires affaiblissant les malades qui devenaient une proie facile pour le virus. Les diabétiques et les immunodéficients n'avaient aucune chance d'y échapper. La population la plus résistante appartenait à la tranche des plus jeunes. Elle devait constituer les dix pour cent de non contaminés selon les premières évaluations faites par les virologues.

La maladie s'était donc répandue à la vitesse des avions car les voyageurs essaimèrent le monde entier. Certains aéroports, comme celui de Tokyo avaient installé très tôt des contrôleurs thermiques sous lesquels les passagers débarquant devaient passer. Quiconque affichait une température au-dessus de 37,5° était dirigé vers le bâtiment de la mise en quarantaine organisé à cet effet. Combien de gens n'ayant qu'une fièvre passagère sans aucun rapport avec le virus, sont-ils morts contaminés dans ces bâtiments ? Et combien de mouroirs semblables avaient-ils été créés dans le monde, dont les hôpitaux eux-mêmes, complètement saturés ?

Dès le mois de mars, le confinement était la règle dans le monde entier. Les armées, gardiennes des moyens de lutte contre le virus, étaient mises à contribution pour distribuer des masques à la population afin d'éviter le pillage des pharmacies. Puis, il y eut pénurie bien sûr. Ceux qui les fabriquaient étaient eux-mêmes touchés par la maladie comme tous les autres secteurs d'activités. Bien que l'État avait prévu l'important absentéisme, les usines tournaient à 50% dès le mois de février, à 30 % au mois de mars. Petit à petit, les productions ralentirent et stoppèrent. Le pourcentage de l'activité industrielle diminuait rapidement au fil des semaines, pour n'être plus que la ligne d'un encéphalogramme plat sur un diagramme.

Durant les premiers mois de la pandémie les gens se battaient dans les supermarchés, s'arrachant les derniers produits, alors que leur prix avait doublé. L'Europe avait fini par mettre en place le rationnement alimentaire. Cela rappelait les mauvais souvenirs de la guerre de 39-45 aux plus âgés. Le troc et le marché noir refirent leur apparition. La société moderne voyait s'effondrer son système économique avancé. On revenait au système tribal. Sara pense souvent aux conséquences de cette pandémie qui ont changé le monde si rapidement.

Au cours du premier trimestre, les journaux télévisés informaient la population de la progression de la pandémie, donnaient des conseils pour se prémunir du virus. Des scientifiques relataient les efforts de la recherche médicale mondiale pour trouver le vaccin enfin efficace, mais ceux-ci, produits en hâte, furent totalement inopérants car le virus mutait, se renforçait. Les expériences partaient dans tous les sens, tout était tenté. Parfois même n'importe quoi dans certains pays.

Pourtant l'industrie pharmaceutique n'avait pas eu de mal à trouver des volontaires parmi la population du tiers-monde, contre une petite rétribution ou l'assurance de pouvoir bénéficier de l'anti-virus. L'homme civilisé puisait des cobayes dans la cage de sa propre misère.

Au mois d'avril, lorsqu'on allumait le téléviseur, il n'y avait que de la neige blanche sur un écran noir. Les techniciens de la télévision survivants se confinaient chez eux avec leur famille.

Dès les premières semaines de la pandémie, la Suisse avait fermé ses frontières, comptant sur le principe de la quarantaine qui avait été très efficace contre le SRAS en 2003. Ce virus-là provenait des animaux sauvages terriblement malmenés, vendus sur les marchés locaux de Chine pour être consommés. Les personnes contaminées n'étaient contagieuses que lorsqu'elles avaient tous les symptômes apparents. Elles étaient donc rapidement isolées. La chaîne de transmission avait été rompue et cette pandémie stoppée.

Sara a assisté à l'agonie de son mari. Elle a été informée des décès successifs des membres de sa famille. Son fils, étudiant à Paris, logeant chez une cousine, lui a annoncé au mois de mars qu'il était contaminé. Sans doute avait-il tardé à la prévenir. Le temps que Sara obtienne une dérogation pour le rejoindre, il était trop tard. Elle a appris la nouvelle par un coup de fil de sa parente. « *Qu'est devenue celle-ci d'ailleurs ? Probablement morte, seule dans son appartement, comme des millions de gens. Les hôpitaux complètement débordés n'acceptaient plus que les accidentés et les opérations urgentes.* » On prenait des nouvelles de ses proches par téléphone ou par internet. Lorsque le téléphone sonnait trop longtemps sans que quelqu'un décroche ou que les mails restaient sans réponse, on comprenait.

Certains matins, lorsqu'elle se réveille, Sara se pose la même question : « *pourquoi suis-je encore en vie ? Pourquoi moi ? Pourquoi suis-je immunisée ? A quoi bon d'ailleurs ?* »

La jeune femme a pensé au suicide plus d'une fois. Comment trouver une raison de vivre quand tous ceux que l'on a aimés sont partis ? Chaque jour est un jour de douleur. Cependant, mue par un puissant instinct de survie sans doute, elle s'est obligée à vivre, un jour après l'autre.

Il n'y a plus personne sur les routes, ni dans les villes et les villages. Aux abords de certains petits magasins alimentaires règne la puanteur des derniers produits périssables en décomposition. Sans électricité, les congélateurs ne fonctionnent plus. Les rayons sont vides dans les grandes surfaces qui n'ont plus été livrées ou ont été pillées.

Sara s'introduit dans les maisons de ses rares voisins afin de prélever leurs réserves de denrées alimentaires. Mais la vue des cadavres des propriétaires devient insupportable. Elle prend l'habitude d'aller chercher de la nourriture à Draguignan, la ville la plus proche, à une heure de route. Dans une rue étroite, il y a un petit magasin d'alimentation dont les grilles métalliques sont baissées et solidement fermées. Sara a défoncé la porte de service, derrière le bâtiment, en se servant d'une voiture comme bélier. La puanteur est moins forte dans ce Shoppi de quartier. Aucun éclairage électrique, mais la lumière du jour passant à travers les deux fenêtres barreaudées est suffisante. Elle remplit rapidement ses cabas de paquets de biscuits, boîtes de conserve, articles d'hygiène. Plus de fromage ni de charcuterie que cette épicurienne apprécie tant. Dorénavant, lorsqu'elle mangera un bœuf bourguignon, c'est qu'il sortira d'une boîte de conserve. Si elle en trouve encore.

Elle est une voleuse. Elle prend ce qui ne lui appartient pas. Quand Sara voit un arbre garni de fruits, celle qui a appris à tirer profit de tout ce que la nature lui offre, arrête son véhicule et fait sa cueillette. Dans les premiers temps, la profiteuse ressentait un vague sentiment de gêne, formatée à l'honnêteté par son éducation. Mais, lorsque tout le monde est mort, à qui appartient tous leurs biens ? A celui qui reste. Et elle est celle qui reste. *« Non, ce n'est pas possible, je ne dois pas être la seule ! »*. La jeune femme pense aux peuples isolés.

Dans la forêt primaire de Guyana par exemple, ces tribus sans contact avec la civilisation moderne. Ces peuples-là ont sûrement survécu. L'homme sauvage survivant de l'humanité. Lui va poursuivre sa route et continuer le processus de civilisation. « *Et dans deux mille ans, retour à la case départ encore une fois ? Quelque soit la raison de mon immunité, il n'est pas possible, pas logique, que je sois la seule à survivre. Sans doute, dans la campagne, vivant dans des maisons isolées, des gens ont survécu, mais comme moi, ils ont peur et n'osent s'aventurer trop loin. Sans nouvelle du reste de l'humanité, ils ne savent pas s'il y a d'autres survivants. Au plus fort de la pandémie, les pouvoirs publics leur ont si souvent dit que le meilleur moyen de rester en vie était d'éviter tout contact avec les autres. C'est ce que j'ai fait moi-même, que ce soit pour éviter le virus ou les miliciens.* »

Sara les a nommés « les miliciens » car elle ne sais pas si l'armée française existe encore. Combien sont-ils ? Où est leur base ? Qui leur donne des ordres ? Quelle est la nature de ces ordres ? La jeune femme n'en a aucune idée. « *C'est de leur faute si je ne peux pas rester dans ma maison, ces sales chiens ! »*

Un matin très tôt, Sara a grimpé sur le sommet de la montagne au pied de laquelle, avec son mari, ils ont construit leur maison. Sur la crête, elle a une vue circulaire qui mène loin. A l'aide de jumelles, elle scrutait une possible activité humaine aux alentours. Et elle les vit ! Une jeep pleine de militaires armés, vêtus d'une combinaison blanche les couvrant de la tête aux pieds, une visière intégrale protégeant leur visage. Pendant qu'elle gravissait la montagne, les hommes opéraient une descente chez elle et d'après leurs précautions pour cerner sa maison, elle en déduisit qu'ils savaient qu'elle était encore en vie. « *Comment le savent-ils ? Sans doute un drone que je n'ai pas vu, peut-être un nocturne ? Je ne connais pas tous les moyens que les militaires français ont en leur possession pour traquer un individu. Ils comptent certainement faire usage de la force pour m'obliger à repartir avec eux. Pas besoin de réfléchir longtemps pour comprendre que je vais servir d'animal de laboratoire. Ils ont peut-être besoin de mes anticorps pour élaborer un vaccin ? Dans ce cas, je n'aurais pas refusé de donner mon sang, mais cette descente armée éveille mon instinct de survie et l'accoutrement des soldats dont on ne voit pas le visage, les rend si peu humains. S'ils avaient eu de bonnes intentions, la présence de deux d'entre eux aurait suffit et les armes étaient inutiles. Comment ces militaires ont-ils survécu à la pandémie ? Ils ont sans doute des moyens particulièrement élaborés pour éviter le contact avec le virus. »*

Sara a eu de la chance ce matin-là. Mais, c'est sûr, ils reviendront. Cette perspective la décide à chercher un autre endroit pour vivre. Elle réfléchit à un lieu où les militaires ne penseraient pas venir la dénicher. Un endroit caché, qui ne soit pas bâti par l'homme, sans mur, ni toit.

Sara se souvient de la petite caverne qu'elle a découverte l'année précédente au cours d'une randonnée dans les gorges du Verdon. Même si, probablement, elle n'a pas été la seule à la visiter depuis, elle est sûre que cette cavité ne figure pas sur les dernières cartes IGN. Pour accéder à l'abri naturel il faut se rendre au bord d'un plateau, puis descendre dix mètres de pente raide à travers les rochers et les ronces. Si Sara n'avait pas eu à récupérer son chapeau de paille qui s'était envolé ce jour-là en contrebas du plateau, elle n'aurait jamais vu l'ouverture large d'environ cinquante centimètres et haute d'un mètre cinquante. Sans doute qu'un éboulement avait dégagé l'entrée lors de pluies torrentielles comme il y en a au printemps et à l'automne dans cette région. Heureusement la jeune femme ne craint pas le vertige. En ramassant son chapeau tombé sur la petite corniche naturelle devant la faille, elle a senti l'odeur caractéristique qui s'échappe des cavités humides longtemps confinées. Dégageant quelques grosses pierres, elle s'est munie de sa lampe de poche tirée de son sac à dos pour y pénétrer. La caverne est profonde d'une douzaine de mètres pour six ou sept mètres de large. Au fond, coule une petite source sortant de la roche, une eau claire et fraîche qui s'écoule dans une vasque naturelle creusée au fil des siècles, puis ruisselle tranquillement dans le sillon qu'elle a tracé, pour disparaître dans une faille. Sara, envoûtée par le chant de l'eau, écoute un instant le murmure cristallin de la source.

La semaine qui suivit sa décision de s'installer dans la caverne fut consacrée à effectuer des trajets entre les différents magasins de bricolage, d'articles de plein air et son nouvel abri. Petit à petit, Sara l'a aménagé en y apportant tout ce dont elle a besoin pour y vivre, grâce à du matériel de camping essentiellement. Elle qui déteste camper, attachée au confort de sa maison.

Sara et Alex son mari, ont vécu l'expérience de l'auto-construction. Sans aucune aide technique, ils ont construit une bastide provençale. La jeune femme regrette d'autant plus de devoir abandonner sa maison. *« Tous ces efforts pour rien ! Tous nos week-ends, nos congés passés à porter des seaux remplis de mortier, à soulever des centaines de parpaings et de lourdes poutres en béton armé, sous un soleil de plomb en été, sous les pluies diluviennes en automne ».* Elle qui n'a pas le physique d'une athlète était devenue un ouvrier du bâtiment. Du temps perdu ? Au moins aujourd'hui est-elle capable de monter un mur en siporex et de poser une porte isoplane pour cloisonner une partie de la caverne. Ainsi, elle se prémunie du futur froid hivernal et des animaux indésirables qui pourraient s'y aventurer.

Dehors, la peur ne la quitte pas : croiser la route de la milice ou des chiens devenus sauvages qui se promènent en meutes, rencontrer les sangliers qui ont perdu leur crainte des humains. A cette pensée, Sara place d'instinct sa main sur la poche de son pantalon de treillis, sentant à travers le tissu le revolver qu'elle garde désormais sur elle, nuit et jour. *« Et oui, je n'ai pas amélioré mon look mon cher Alex ! Si tu me voyais, tu désapprouverais ! J'avais déjà renoncé aux chaussures à talon et aux petites robes en m'installant à la campagne, me voici habillée en vêtements de camouflage ! Mais j'ai perdu mon petit surpoids à force de crapahuter pour retrouver des survivants.»* Alex lui reprochait d'avoir pris 8 kg en trois ans : «- Sara, tu grossis, tu manges trop ! » « *Je ne mangeais pas plus qu'avant mais je ne bougeais guère de ma maison, n'ayant aucun objectif m'incitant à en sortir. Le look, ce mot ne signifie plus rien. Tu améliores ton apparence quand tu veux plaire, mais quand il n'y a plus personne pour te voir, à quoi bon tous ces artifices ? »*

Quand le couple habitait Draguignan, Sara avait un emploi de secrétaire chez un avocat. Alex était comptable et pouvait exercer son métier en restant à domicile. Peu après leur installation à la campagne, Sara a démissionné de son poste car les routes sont dangereuses, surtout l'hiver lorsqu'elles sont verglacées ou couvertes de neige. Dans les gorges de Châteaudouble, son véhicule avait glissé et s'était retrouvé à contre-sens deux fois dans un virage sans visibilité. Heureusement, aucun autre véhicule n'était sur cette portion de route à ce moment-là.

Vivre à la campagne. Beaucoup de citadins meurtris par le bruit, la surpopulation et la pollution, en rêvaient. Certains ont franchit le pas et ont quitté la ville. Ce changement de vie est plus aisé pour les retraités qui acceptent l'isolement, à condition d'être en bonne santé et d'avoir une voiture pour se déplacer. Les adolescents ont souvent l'impression de s'enterrer vivants, car quand Internet fonctionne c'est toujours au ralenti. Les pannes sur le réseau peuvent durer un mois. Gauthier, le fils de Sara et d'Alex leur avait reproché à maintes reprises leur installation « dans ce trou perdu » jusqu'à ce qu'ils l'autorisent à poursuivre ses études à Paris, logé chez une cousine.

S'ils ne veulent pas faire une heure de route, les nouveaux campagnards doivent renoncer au shopping, au cinéma, aux visites des salles d'exposition et des musées. Il n'y a que l'été, grâce à l'arrivée des touristes, que sont créées certaines animations dans les villages. Lorsqu'elle faisait ses provisions une fois par semaine, Sara était attentive à ne rien oublier. « *Au moins, cette vie à la campagne m'a habituée à la solitude et à me débrouiller toute seule. Finalement, j'ai été bien préparée à mon existence d'aujourd'hui.* »

Soudain, une pensée fulgurante lui

coupe le souffle : « *Et si je tombais et me blessais ?* » Elle s'imagine une fracture ouverte du tibia. Elle rampe sur le sol, hurlant de douleur à chaque mouvement, appelant désespérément à l'aide, en vain, les yeux rivés sur son os sortant de sa chair. « *Quelle horreur !!* » se dit-elle, la bouche sèche et le cœur battant à tout rompre. Sara serre à nouveau son arme dans sa poche. « *Elle ne servira peut-être pas seulement à me défendre* » dit-elle tout haut. « *Ah! Voilà que je recommence à parler toute seule. Oui, mais avec qui pourrais-je converser maintenant ? Si ce n'est à moi-même ? Devient-on muet si on ne s'exprime plus oralement pendant des mois, des années ? Ou garde-t-on l'usage de la parole même si on ne l'utilise plus? Quel cobaye de laboratoire je pourrais faire !* »

Ses pensées la ramènent aux miliciens qu'elle a vus débarquer chez elle alors qu'elle se trouvait en observation sur la montagne. Ils étaient venus la chercher, elle en était sûre. Comment avaient-ils suspecté qu'elle vivait encore ? Elle avait jeté son téléphone portable depuis qu'elle avait su toute sa famille anéantie. Le dernier mail reçu de son ami Jimmy, il y a plusieurs mois, lui avait recommandé de ne plus se connecter sur Internet car elle donnait ainsi sa position.

« *Qu'est devenu Jimmy ?* » Il habitait Londres et lui aussi avait résisté au virus. La Grande Bretagne, pour une raison inconnue, fût la plus touchée par la pandémie, avant même la fin janvier. Les épidémiologistes avaient-ils enfin compris pourquoi ? Le jeune Anglais et Sara avaient échangé des mails en élaborant des théories sur leur résistance physique. Le dernier message de Jimmy l'incitait à la plus grande prudence en mettant fin à leur contact.

La température du corps. « *Est-ce justement ce qui m'a sauvée ? Sauvée du virus, sauvée des détecteurs thermiques utilisés par la milice?* » Car Sara a un problème de métabolisme. Sans doute qu'un choc émotionnel subi il y a quelques années a provoqué un schisme au niveau de sa température corporelle. Elle a souvent froid, même lorsque les autres ont chaud. Elle n'a pas fini de prendre son repas que déjà elle frissonne et doit se lever de table pour chercher une veste car la digestion consomme des calories et fait chuter la température de son corps. L'hiver, à peine avalée sa dernière bouchée, elle se précipitait devant le poêle chauffé à blanc. C'était un sujet de plaisanterie de la part de ses amis qui lui demandaient si ce n'était pas du jus de navet qu'elle avait dans les veines. Sara se souvient d'un jour d'été, lorsqu'elle habitait encore à Draguignan. En retard, elle court dans la rue pour se rendre chez son médecin. Comme elle pénètre dans la salle d'attente, son docteur ouvre la porte du cabinet dans lequel il lui fait signe d'entrer. La retardataire transpire d'avoir couru sous les 35° annoncés par le thermomètre extérieur de la pharmacie voisine. Comme elle affiche un visage rougi, le Docteur lui demande :

« - vous avez de la fièvre ? »

«- Non, je viens de courir. »

Il lui prend sa température avec un thermomètre auriculaire qui affiche 35,2°et décrète : « -mon thermomètre ne fonctionne plus. »

Sara sourit car elle sait que l'instrument n'est pas en cause. Encore une fois, elle tente d'en convaincre son médecin, mais celui-ci garde un silence lui indiquant qu'il ne donne aucun crédit aux observations de sa patiente. Après tout, il est généraliste, pas spécialiste des problèmes de métabolisme. Il fait partie de ces médecins qui, dépassés par une pathologie qui leur est inconnue, préfèrent l'ignorer plutôt qu'aiguiller leur patient vers un spécialiste, suivant à la lettre les consignes d'économie de la Sécurité Sociale.

« A n'en pas douter, ce problème de métabolisme ne figure pas dans mon dossier de santé informatisé. Or, la milice (ou l'armée) a accès à toutes les banques de données dont celle de la Sécurité Sociale. Par contre, ils doivent savoir que j'ai eu une primo-infection tuberculeuse lorsque j'étais enfant. Ce début de tuberculose m'a peut-être immunisée, créant un anticorps empêchant le virus de s'introduire dans mes cellules ? »

Écraser ses regrets, organiser sa nouvelle vie.

Comme sa mère et sa grand-mère, Sara a la plume facile. Des sujets originaux d'écriture, la jeune femme n'en a pas manqués. Ils lui venaient spontanément alors qu'elle repassait ou qu'elle tenait un balai entre ses mains. Dans sa tête, elle avait écrit de jolies phrases pertinentes dans le style qui reflétait sa personnalité. Plusieurs fois, en se levant vers quatre heures du matin elle s'était installée devant son ordinateur. Les mots s'offraient à elle comme les notes de musique à un compositeur. Mais, Sara n'était pas généreuse avec elle-même. Exigeante sur la propreté, l'entretien de sa maison lui faisait perdre chaque matin. Certains jours, un sentiment de révolte l'envahissait. Elle se promettait que le lendemain, elle écrirait en priorité. Cependant, formatée pour être une femme de devoirs, les jours se suivaient et se ressemblaient. Écrire un roman lui prenait des années. Finalement, un autre écrivain avait eu la même idée et Sara retrouvait chez les libraires, le livre qu'elle n'avait pas eu le temps d'achever. La pensée est universelle. Il n'y a pas qu'une poignée de gens compétents, ils sont des milliers. Peu ont la chance de mettre en pratique leur talent. Encore moins les femmes. Pour Sara, il y avait deux sortes d'écrivaines : celles qui étaient assez riches pour s'offrir les services d'une femme de ménage et celles qui n'entretenaient pas du tout leur maison.

Un talent inexploité s'étiole. Sara avait bien conscience qu'au fil des années, les mots reflétant sa pensée étaient plus difficiles à trouver. Son style perdait sa fluidité. Il suffisait qu'elle relise ses premiers romans pour le constater. « *Quel gâchis ! Une romancière doit vivre seule pour bénéficier de la liberté d'écrire ou avoir un compagnon qui croit en son talent. Cela n'a pas été mon cas. Pour Alex, les heures que je passais sur mon clavier d'ordinateur était une perte de temps. Il n'a jamais rien lu de ce que j'écrivais, mais c'était forcément mauvais. Quand d'autres remercient leur entourage en première page de leur manuscrit, moi j'aurais pu écrire : « je ne remercie pas mon mari pour son manque total d'encouragement et de soutient qui m'ont souvent démotivée. »*

Après une bonne nuit sans rêve perturbant, la jeune femme se réveille en pleine forme. Elle est une matinale. Aujourd'hui encore, elle consacrera sa journée à affiner son organisation en vue de préparer l'hiver qu'elle passera sans doute dans sa tanière, comme les hommes préhistoriques. *« Quelle dégringolade dans l'histoire de l'humanité ! »*

Ici, de début décembre jusqu'à fin avril, les températures sont basses, surtout la nuit. L'hiver 2008-2009 fut particulièrement long, il neigeait encore le 21 juin ! *« Et pourtant on est dans le Var. Quand on parlait du Var à des touristes, ceux-ci s'imaginaient : le soleil, les plages, les pins parasols, Saint-Tropez, Fréjus, Toulon... mais jamais : les montagnes, les villages isolés, les forêts denses, la neige, un long hiver avec -15° la nuit -4° le jour, la cheminée allumée de début novembre à fin avril... Rares étaient les Varois des côtes qui se promenaient dans l'arrière pays. Seuls les parapentistes et les cyclistes connaissaient le village de La Roque Esclapon, au pied du mont Lachens, le plus haut sommet du Var, culminant à 1715 mètres. Sur ce sommet balayé par les vents, même l'été, il faut porter une veste».*

Sara revient à l'instant présent : « *Je me laisse souvent distraire par mes pensées, un souvenir en amenant un autre, parce que j'ai tout mon temps pour réfléchir, personne pour m'interrompre. Robinson Crusoé devait solliciter son cerveau autant que moi. Quoique ce n'était qu'un homme après tout.* ». Elle sourit de sa petite réflexion de misandre. « *Je pense, donc je suis. Quel philosophe a dit cela ? Confucius ? Bon, allez! Ravitaillement aujourd'hui. C'est une belle journée, il faut en profiter. Je dois changer de véhicule. Celui-ci n'a plus assez de carburant pour me remonter jusqu'ici* ».

Plus d'électricité, plus de pompe à carburant qui fonctionne et beaucoup de cuves sont vides faute d'avoir été ravitaillées. La jeune femme doit se procurer une voiture pourvue du maximum d'essence dans son réservoir. Pour cela, elle se rend dans les lotissements de Draguignan et repère les véhicules garés devant les villas. Afin de se procurer la clef de contact, Sara entre dans la maison et recherche le sac à main de la propriétaire. Très souvent elle y trouve la clef convoitée. Reste à vérifier le niveau d'essence du véhicule. S'il n'est pas suffisant, il faudra recommencer la même intrusion. Elle en profite pour déposer son sac de poubelle dans une des pièces de la maison, ne pouvant le laisser dehors. Les odeurs risqueraient d'attirer les animaux. De plus, des bêtes fouillant des poubelles provoqueraient l'intérêt des éventuels miliciens. Aujourd'hui tout ce passe bien et rapidement. Elle est rodée à cet exercice. Sara en profite pour remplir deux grands sacs de boîtes de conserve et de biscuits, tirés du placard de la cuisine.

Au début, son rythme cardiaque s'accélérait lorsqu'elle pénétrait dans une habitation, craignant la présence d'un chien. Le virus avait anéanti les humains, mais pas les bêtes. Lorsque les gens mourraient chez eux, des chiens pouvaient y être enfermés. Affamés, ils dévoraient les corps de leurs maîtres. D'autres, que les maîtres avaient lâchés dehors ou abandonnés dans la nature dès les premières semaines de la pandémie, sont devenus sauvages. Ils se sont regroupés en hordes. Sara les craint autant que la milice.

La jeune femme évite d'entrer dans les lieux où l'odeur horrible indique la présence d'un corps en décomposition. Elle est marquée par le souvenir d'une des macabres découvertes faite en pénétrant dans une villa afin de prendre les clefs du véhicule stationné devant. Voyant le sac à main sur la table basse du salon devant la télévision, Sara a contourné le canapé. En tournant la tête, elle s'est aperçue avec horreur que deux corps pratiquement momifiés y reposaient enlacés. Les vêtements qu'ils portaient indiquaient une femme et un homme, chacun d'eux avait une alliance autour de la première phalange de leur annulaire. Un couple uni dans la mort. Ils ne devaient pas être si nombreux que cela, car le confinement qu'avait nécessité la pandémie était aussi une épreuve psychologique.

Sara s'est précipitée dehors et a vomi, appuyée contre un mur. « *Il faut que je m'habitue à voir des cadavres !* » Elle se fustigea encore un peu, histoire de se redonner du courage. C'est sa nouvelle vie : les cadavres en font partie. Elle en verra partout. Même dans la nature.

Ainsi, lors d'un de ses déplacements, le regard de Sara a été attiré par l'acharnement des vautours fauves groupés à une vingtaine de mètres de la route, à l'orée d'un bois. Bien que ces rapaces aux plumes roux clair soient impressionnants par leur mètre de hauteur et l'envergure de leurs ailes déployées de deux mètres cinquante, ce sont des charognards peureux. Lorsque la jeune femme s'est approchée pour voir ce qu'ils dépeçaient, les grands oiseaux à tête blanche, aux ailes frangées de plumes noires se sont d'abord déplacés maladroitement, puis se sont envolés. Le berger n'avait pas voulu mourir seul dans sa masure, mais près de son troupeau de moutons. Les vautours fauves du pays du

Verdon se portent bien. Ils croissent et se multiplient. Ils sont bien nourris. Les loups aussi. Les moutons constituent un vaste garde-manger, leur laine épaisse qui n'a pas été tondue ne suffit pas à les protéger.

Les premiers milliers de victimes de la pandémies ont été enterrés. Puis, l'armée qui était chargée de récupérer les corps, les plaçait dans des sacs noirs et les emmenait dans un centre d'incinération. Quand il restait des membres de la famille, ceux-ci pouvaient récupérer les cendres du défunt, mais ils n'avaient pas l'autorisation d'accompagner le cercueil et d'assister à la crémation. Était-ce vraiment les cendres de leur proche qu'on leur remettait ? Beaucoup en avait douté.

La plupart des européens avait pensé que s'ils vivaient en autarcie, confinés chez eux, sans aucun contact avec les autres, ils pourraient survivre au virus. Ils avaient stocké le maximum de denrées alimentaires. Mais, ils étaient déjà infectés depuis quelques jours sans le savoir. Un seul membre d'une famille contaminait tous les autres en un seul jour. Les gens atteints téléphonaient à un service mis en place par le gouvernement pour qu'on leur livre les gélules contenant la molécule sensée les aider à lutter contre le virus. Cependant, celui-ci mutait si rapidement, s'adaptant au milieu dans lequel il vivait, qu'aucun traitement était efficace.

« Peut-être, les détenus dans le secteur « haute sécurité » des prisons ont-ils été suffisamment isolés du virus. Combien ont dû mourir lentement de faim, enfermés dans leur cellule, appelant au secours en vain, leurs cris raisonnant dans une geôle sans gardien ? Jusqu'où la pandémie avait-elle entraîné la déshumanisation ? Le pillage des magasins, le délaissement des voisins que l'on savait malades, l'auto-isolement en espérant que cela suffirait pour survivre, le geste fatal envers ceux que l'on aime pour leur éviter la souffrance ? Qui connaîtra un jour la somme des horreurs engendrées par la dernière pandémie ? » Sara chasse cette pensée répugnante.

Revenant à des préoccupations matérielles, la jeune femme décide, pour se changer les idées, de chercher des vivres au grand Carrefour de Trans-en-Provence, tout à côté de Draguignan. Elle a plus de chance de remplir ses sacs en s'introduisant dans les habitations, mais aujourd'hui, Sara a envie de se donner l'illusion de faire ses courses « comme avant ».

Au supermarché, elle entre par une des portes vitrées brisées par les derniers survivants ayant pillé les magasins. Évidemment, aucune musique n'est diffusée par les hauts-parleurs. Le silence du lieu est tellement inhabituel qu'elle a l'impression de pénétrer dans une autre dimension, de poser les pieds sur une planète il y a longtemps colonisée par l'homme. Race presque totalement anéantie. « *c'est logique, l'espèce humaine ne pouvait être éternelle, pas plus que d'autres espèces animales disparues.* »

Bien qu'en apparence, tous les rayons soient vides, il reste quand même des sacs de poubelle, du détergent pour la vaisselle, des serviettes en papier et deux boîtes de riz au lait. « *Mon dieu, que je regrette les fromages !* » Rien que d'y penser, elle en a l'eau à la bouche. L'instant d'avant, Sara avait un raisonnement logique sur la fin de l'humanité, à présent, elle a des profonds regrets sur les nourritures terrestres qu'elle ne pourra vraisemblablement plus manger. « *Oui, Alex avait raison, je ne suis qu'un ventre. Quoiqu'il arrive, je ne perds jamais mon appétit.* » Aussi, elle pousse son chariot dans le rayon confiserie où d'un geste du bras, elle fait tomber directement dans son caddie quelques barres chocolatées oubliées au fond de l'étagère.

La jeune femme a fini ses courses et ne reviendra plus ici. Il n'y a plus rien à prendre. En passant devant le manège à bijoux, elle sourit devant les vitrines brisées et les présentoirs vides. « *Les imbéciles ! Ils ont même raflé tous les bijoux ! Grand bien leur fasse ! Et s'ils veulent mes économies, je les leur donne aussi !* » L'or et la monnaie avaient rapidement perdu leur valeur. Dans les derniers temps, les échanges économiques étaient de nature primitive : un kilo de sucre contre un kilo de riz.

Sara a des regrets d'avoir économisé au lieu de profiter de la vie. « *J'aurais dû me faire plaisir en m'offrant des soins en institut de beauté, aller au resto aussi souvent que j'en avais envie. Voyager pour découvrir le reste de la planète aux paysages si changeants, rencontrer les différentes civilisations qui la peuplaient. Voilà le véritable enrichissement. Je m'en suis privée pour rien* ».

Ruminant ses pensées négatives, elle jette son sac à provisions dans le coffre de sa nouvelle voiture et claque le capot. Elle pousse le chariot au milieu du parking. Plus besoin d'avoir le geste civique de ramener le caddie à son enclos. Plus de civilisation, plus de civisme.

Dès qu'elle s'installe au volant et démarre, Sara sait que des pensées vont l'assaillirent. Celles-ci l'amènent à son mari. Une tristesse étreint soudain son cœur. Mais ce n'est pas au décès de celui-ci auquel elle pense.

Elle se remémore le jour où jetant un coup d'œil sur la facture du téléphone portable d'Alex, elle a constaté que le montant à payer avait doublé. Le détail des appels lui indiqua que trois cents textos et une cinquantaine d'appels étaient parvenus au même numéro de mobile au cours d'un seul mois. Alex ne faisait jamais de texto. C'était sûrement une erreur de facturation. Mais ce numéro était vaguement familier à Sara. Elle vérifia sa propre liste de contacts sur son portable et découvrit que le numéro appartenait à une jeune femme, qui, comme elle, faisait partie du Secours Populaire du canton. Julie était jolie et avait 20 ans de moins que son quadragénaire de mari.

Sous le coup de cette découverte, Sara eut les jambes coupées et s'assit par terre, sur le chemin menant à sa boîte aux lettres. Répétant sans cesse, tout haut : « *c'est pas possible, c'est pas possible* ». Elle avait du mal à accepter la vérité. Avoir fait tant de sacrifices pour réaliser le rêve de son mari de vivre à la campagne ! Elle pensait que le prix payé en renonçant à son emploi, aux facilités de la ville, à ses amis, à ses projets d'écriture, était une preuve d'amour et de confiance envers son mari et donc une garantie de ne jamais être trahie.

Sara aurait voulu se mentir à elle-même. Se dire que « *ce n'est pas ça !* » Cependant, en regardant le détail des appels, elle vit qu'Alex contactait Julie plusieurs fois par jour. Sous le choc, Sara garda pour elle cette révélation. Il lui fallait du temps pour la digérer, du temps pour se reprendre et même vérifier.

Un dimanche matin, elle observait son mari quittant leur propriété. A peine sorti du chemin, il avait son portable à l'oreille et ce n'était pas Sara qu'il appelait. Celle-ci n'eut pas de mal à s'imaginer ce qu'Alex devait dire : «*Bonjour mon amour, tu as bien dormi ?* ». Le poignard de la trahison s'est enfoncé un peu plus dans le cœur de Sara. Alors, elle se souvint des détails s'accumulant pour former une liste dont la longueur fait immanquablement dire à une femme trompée : « *j'aurais dû m'en douter ! Qu'est-ce que j'ai été idiote ! Quelle dinde de croire qu'il était mieux que les autres ! Ses reproches cinglants sur mon physique, son incitation à me retrouver un emploi à Draguignan, son irascibilité permanente, jamais un mot gentil... Pourquoi ne me suis-je pas aperçue qu'il ne m'aimait plus ?»*

Sara a attendu quelques mois, tapie dans l'ombre de sa profonde déception, pour révéler à son mari qu'elle était au courant de son infidélité. Mais cette attente, en anesthésiant son chagrin, avait aussi éteint ses sentiments pour lui. *« Toute la confiance et l'amour que j'avais pour lui se sont brisés comme du cristal . Inconséquence de l'homme macho dont l'ego est flatté de pouvoir mettre dans son lit une femme ayant la moitié de son âge ».*

Entre-temps, Julie avait rompu avec Alex, lui préférant un jeune militaire adepte du culturisme. *« Quand Julie lui a annoncé sa rupture, il a dû tomber de haut, car je suis sûre qu'il s'était fait beaucoup d'illusions quant à son avenir avec elle. Quant à moi, il me connaissait si peu qu'il ignorait que je ne pardonne jamais* ». Sara aurait dû demander le divorce et partir. Mais elle n'avait plus d'emploi. Qui logerait une personne sans revenu ? Elle n'avait même pas de quoi payer un avocat. Et la pandémie est arrivée, réglant le problème.

Sara entame à présent la route sinueuse, au nord de Draguignan, qui s'introduit dans les gorges de Châteaudouble. C'est une petite route très étroite, un lacet à flan de collines rocheuses couvertes de pins parasols qui s'accrochent à la pente, se penchant dangereusement, menaçant de tomber. Au fond des gorges, coule l'Artuby, une rivière que la végétation dense dissimule et parfois même encombre de ses arbres morts. Au bord de la route, un énorme rocher est maintenu depuis des années par un filin d'acier. Les éboulements après les orages sont courants. Sara a dû arrêter son véhicule plusieurs fois pour dégager la voirie des grosses pierres l'encombrant. Elle sait qu'un jour, le gros rocher encerclé de fer tombera, barrant la route, l'obligeant à faire demi-tour. Elle devra renoncer définitivement à utiliser ce raccourci.

Dès la sortie des gorges, la voie s'élargit. Poursuivant son ascension, Sara laisse sur sa droite le village typiquement provençal de Montferrat, avec ses maisons en pierres, hautes, serrées les unes contre les autres, peu éclairées par d'étroites fenêtres. Elle jette un bref regard à sa gauche, vers le cimetière ayant doublé de superficie depuis peu. Hors de ses enceintes, les tombes récentes. La conductrice se demande qui a creusé la dernière fosse, qui a mis la dernière croix faite de deux planches de bois. Pénurie d'article funéraire, pénurie de cercueil et de main d'œuvre. D'habitude, Sara évite de regarder de ce côté-là, elle tient sa tête bien droite au-dessus du volant qu'elle ne peut s'empêcher de serrer à pleines mains. Elle accélère automatiquement pour s'éloigner le plus rapidement possible des preuves du désastre qui a frappé l'humanité.

A la sortie du village, la route à nouveau étroite, est une succession de virages souvent en épingle. Après avoir dépassé le camp militaire apparemment déserté de Canjuers, quelques kilomètres plus loin : voici Comps-sur-Artuby, petit bourg médiéval portant l'emprunte de l'occupation templière au XIIIème siècle. La traversée du village ne dure pas plus d'une minute. Puis la voie s'élargit et descend dans la plaine menant à La Roque Esclapon. Comme d'habitude, Sara lève les yeux vers le ciel parfaitement bleu et recherche les ailes de couleur des parapentistes. « *Réflexe stupide !* » pense-t-elle, agacée. Elle poursuit l'itinéraire qu'elle connaît par cœur, sans noter l'immobilité macabre du paysage.

La conductrice se gare devant sa maison. « *Enfin chez moi ! Ou plutôt, ce qui était chez moi* ». Sara court le risque de cette visite afin de prendre ce qui pour elle n'était pas urgent dans les premières semaines de son aménagement dans la petite caverne : ses albums photos. Elle les avait laissés chez elle parce que, au fond, la jeune femme espérait pouvoir y vivre à nouveau. Mais maintenant, il fallait se résigner à abandonner cette idée.

Elle saute de la voiture sans refermer la portière, grimpe les escaliers à vive allure, ouvre la porte de la bibliothèque et glisse un à un la dizaine de ses albums photos dans deux grands sacs solides de supermarché. Sur le point de redescendre en se pressant, elle ne résiste pas à l'envie de revoir sa chambre. Le lit est recouvert d'un beau tissu damassé bleu, les doubles rideaux sont assortis. C'est elle qui les a confectionnés. Les deux armoires murales sont ouvertes. Sans doute que les miliciens ont voulu vérifier qu'elle ne s'y cachait pas. Elle suspend son geste de faire coulisser les panneaux en merisier pour cacher les rayonnages. Ce serait trahir son incursion. Son regard s'attarde sur ses quelques tenues de soirées. Ce sont des robes longues en soie sauvage, tissu léger qu'elle apprécie en raison de sa tenue et du froufrou qu'il produit à chaque mouvement. Elle a porté ces belles robes lors des deux croisières auxquelles elle a participé. Immobile soudain, elle laisse ses souvenirs affluer : les paquebots immenses étaient de petites villes flottantes avec des boutiques, des restaurants, des bars, un théâtre où était donné un spectacle chaque soir. Lors des soirées « du Commandant », il était demandé aux convives de faire un effort de toilette. Sara aimait ces dîners aux chandelles rassemblant des personnes élégantes faisant un effort de courtoisie. La belle facette de la société civilisée. Ce qu'elle avait de meilleur dans les apparences. *« L'élégance vestimentaire incitait-elle les gens à être moins vulgaires, plus respectueux des autres ? »*

Sortant de ses rêves, Sara pivote, fuit sa chambre et ses souvenirs. En passant devant le vaisselier vitré de la salle à manger, son regard accroche ses verres à pied en cristal de Bohême. Ils sont si fragiles qu'elle seule se réservait le risque de les laver. *« Qui posera à nouveau ses doigts sur les pieds si délicats? Témoignages d'une civilisation raffinée, mais disparue ».* Sara ressent alors la même nostalgie que lorsqu'elle avait visité le musée de Naples. On pouvait y admirer les verres découverts à Pompéi, la ville ensevelie par les cendres du Vésuve, oubliée pendant deux mille ans. Elle aurait aimé toucher ces verres, poser ses lèvres sur leur rebord, fermer les yeux et s'imaginer traverser le temps, revenir en 79 après J.C. Écouter les bavardages des habitants de la ville romaine, le son de leurs instruments de musique, les cris des enfants jouant dans les rues, ceux des commerçants interpellant les passants, entendre le bruit des roues des charrues sur les gros pavés... Une autre vie, un autre temps.

« Qui seront les archéologues du futur ? Combien de générations après la mienne ? Quel usage attribueront-ils à la pince à escargot retrouvée dans un buffet ? A un cure-pipe laissé dans un vide-poche ? »

Sara referme la porte d'entrée, sans tourner la clef. Elle laisse les lieux tels qu'elle les a trouvés. En quelques enjambées elle est à sa voiture, pose les gros cabas sur le siège du passager et démarre.

Saisir le sens des ses rêves

De sa maison à son refuge, le trajet doit durer une bonne heure. Pendant qu'elle conduit, son esprit vogue à nouveau d'un souvenir à l'autre. A cet instant, elle reprend le cours de ses pensées sur l'archéologie. Pompéi, elle y est allée trois fois, avec à chaque fois, l'impression de ne pas avoir compris toutes les motivations de sa visite. Depuis, Sara a avancée un peu dans la spirale de son histoire personnelle. Grâce à l'analyse de ses rêves surtout. Elle en a fait certains qui l'ont marquée. Ce sont des rêves très courts, des scènes rapides, des flashs. Comme celui qu'elle a eu il y a quelques années : elle est une très jeune femme, petite et maigre, la peau cuivrée et de longs cheveux noirs lisses. Ce corps frêle n'est vêtu que d'un poncho brun, épais, qui lui gratte la peau. L'adolescente se tient debout, pieds nus dans le sable, au fond de l'entrée en briques rouges d'un petit théâtre romain. C'est la place qu'on lui a assignée. La jeune fille n'est pas autorisée à s'en éloigner. Pourquoi ? Vend-t-elle quelque chose pour survivre ? Son seul réconfort est le moment de la journée où le soleil s'introduit par l'entrée et s'allonge jusqu'à ses pieds nus. Elle apprécie la chaleur et la douceur du sable, surtout quand elle peut s'asseoir sur le sol. Mais pour l'instant, la foule habillée à la romaine, en toge blanche légère, passe devant elle pour pénétrer dans le théâtre.

Un autre flash et la voilà devant la scène surélevée, aux voûtes en briques rouges. Le spectacle est fini depuis longtemps. Elle est seule. Dehors, il fait nuit. Le petit théâtre est couvert d'une coupole. Elle se sent en sécurité car lorsqu'il n'y a plus personne, elle est autorisée à pénétrer dans ce « ventre obscur » comme elle l'appelle. La jeune femme gravit les gradins constitués de blocs de pierres blanches. Elle circule dans la coursive ornée de niches voûtées abritant chacune une statue. Lorsque Sara se réveille, elle ressent encore l'angoisse de cette vie précaire et misérable. Pourquoi est-elle persuadée d'avoir été autrefois cette femme ? Ce ne fût qu'un rêve.

Il y a trois ans, par un matin pluvieux de janvier, au cours d'une escale en Sicile, à Taormine, Sara décide de participer à la visite d'un théâtre gréco-romain. Faisant partie d'un groupe de touristes, elle suit le guide, marchant dans une ruelle piétonne, prenant garde de ne pas glisser sur les pavés mouillés. Au bout de la rue qui grimpe jusqu'à un promontoire, elle prend le billet d'entrée du site archéologique. Cinquante mètres plus loin, en pénétrant dans le vestibule du théâtre, elle reconnaît l'endroit. Tout de suite, ses yeux se portent vers l'alcôve du fond, à gauche. Le sol n'est plus recouvert de sable. Sara se dit « *ainsi c'est là !* » sans ressentir aucune émotion particulière. Puis, elle s'étonne de ne pas être au moins surprise. Car elle vient de reconnaître un endroit qu'elle est sûre de n'avoir jamais visité au cours de sa présente existence. Elle aurait souhaité passer ses mains sur le mur de briques, mais l'accès à l'alcôve est interdit. La visite guidée est de courte durée. Sara a eu le temps de pénétrer dans le théâtre, celui-ci a bien changé. Il est trois fois plus grand que dans son souvenir, totalement à ciel ouvert et il ne pourrait en être autrement vu ses dimensions. De plus, s'il reste des niches dans la coursive, celles-ci sont vides. Pas de statue. Ce qui est compréhensible : il y a longtemps qu'elles ont dû être récupérées. Les blocs de pierre blanche des gradins sont plutôt gris et plus usés que dans son rêve. Elle est désolée de constater qu'il y a de la mousse entre chacun d'entre eux. Dès la fin de la visite, la voyageuse se promet de revenir seule au cours d'un autre séjour. Il faut absolument qu'elle puisse toucher le mur de cette alcôve et le sol aussi, même si l'absence de sable ne peut lui procurer la même sensation que dans son rêve. Que se passera-t-il alors ? Peut-être rien du tout, mais elle doit le faire, Sara en est fermement convaincue. L'idéal serait de rencontrer un des archéologues ayant fouillé cet édifice. « *Mais comment lui dire : Monsieur, j'ai vécu ici, il y a environ mille cinq cents, peut-être deux mille ans. Je peux vous décrire les lieux tels qu'ils étaient alors. Il y avait un passage creusé dans la roche, sur ses parois étaient fixées des torches. Il m'était interdit d'y pénétrer. Des gens en toge blanche passaient par là pour arriver directement dans le théâtre. Pouvez-vous me dire ce que je faisais dans cette alcôve ? »* Sara n'est pas retournée à Taormine et ne pourra plus jamais le faire.

Découvrir que l'environnement de ce rêve existe réellement lui suggère qu'il en est de même pour ses autres rêves-flash. Elle doit admettre maintenant l'hypothèse qu'ils sont des souvenirs lointains. Est-il nécessaire qu'elle recherche les autres lieux ? Qu'aurait-elle de plus en les retrouvant ? La confirmation de l'existence de ses vies antérieures ?

Le plus ancien de ses flash nocturnes date d'une vingtaine d'années. Elle marche seule parmi de gros rochers gris aux formes arrondies, émergeant d'une terre poudreuse rouge. Il fait chaud dans ce paysage désertique. Grande, musclée, la peau dorée, elle a de longs cheveux blonds. Elle est sommairement habillée de morceaux de tissus informes, porte un arc à la main et un carquois garni de flèches dans son dos. Sautant avec souplesse d'un rocher à l'autre, elle prend toutes les précautions pour ne pas se faire repérer. La jeune femme a peur, car l'animal chassé n'est autre qu'elle-même. Quand soudain, de derrière un gros rocher, surgissent trois hommes vêtus et armés comme elle. La jeune femme comprend avec horreur qu'elle va mourir.

Sara s'est réveillée en sursaut, son cœur battant à tout rompre, persuadée qu'elle a vraiment vécu cette scène. « *J'ai peut-être été cette femme-là dans la première de mes existences ?* » Elle entend une voix lui répondre : «- non, ce n'est pas ton passé, c'est ton avenir. » Sous le coup de cette révélation, Sara se pétrifie dans son lit, complètement terrorisée. Elle n'a jamais oublié ce cauchemar et cette phrase après son réveil. Mais pourquoi dans ce rêve était-elle d'apparence si différente de ce qu'elle est en réalité s'il s'agit de son avenir ?

Elle en avait déduit que tous les êtres humains vivaient plusieurs existences puisqu'elle même en avait le souvenir. C'était avant cette pandémie. Maintenant, elle n'était plus sûre de rien. Il y avait eu une quasi extinction de l'humanité. Comment tant d'âmes pourraient-elles revenir sur terre si il n'y avait plus de corps pour les accueillir ? Et s'il s'agissait d'autre chose ? Une sorte de mémoire génétique, une empreinte laissée par de fortes émotions lors de situations traumatisantes vécues par ses ancêtres ? « *Parfois, j'ai la sensation d'effleurer la réponse du bout de mon index. Peut-être que ce qui voile la Vérité se déchire seulement le dernier instant de notre vie ?* » Cette question lui fit penser aux victimes d'un accident de la circulation qui, pendant que leur véhicule fait des tonneaux, voient toute leur vie défiler à toute vitesse. Elle-même a subi cette expérience quand elle avait 16 ans. Comment pouvait-on expliquer cela ? Le cerveau transformé en shaker délivre-t-il un curriculum vitae accéléré ?

« Je cherche la logique de chaque événement. Plutôt cartésienne, je ne peux mettre dans la poubelle de la science, l'empreinte de ce passé qui n'appartient pas à ma vie actuelle. Ma mère me racontait que dans ma petite enfance je dormais peu. Lorsque j'avais environ deux ans, je passais une partie de mes nuits à jouer avec une balle

que je lançais en l'air et rattrapais en prononçant invariablement deux mots : « abamé! Cicenhé! » dont nous n'avons jamais su ce qu'ils voulaient dire. Mais moi, je suis certaine que ces deux mots ont une signification et que je les utilisais alors dans le bon contexte. Saurais-je un jour ce que ces mots veulent dire et à quelle langue ils appartiennent ? Certains pensaient que dans les premières années de notre vie, on peut garder le souvenir de la précédente. »

« Ces rêves-flash ne sont que des instantanés d'époques différentes que j'arrive à déterminer d'après les vêtements des gens. Je ne connais pas les lieux. Il y a peut-être quelques rêves que je pourrais relier. Celui du théâtre romain à Taormine et cet autre où je suis une femme âgée, chétive, habillée d'une simple toge foncée. J'habite une petite maison à l'angle d'une rue. Pour accéder à l'unique pièce du rez-de-chaussée il y a deux marches hautes, composées de deux blocs de pierre. A l'intérieur : aucun meuble. Au centre de la pièce : un foyer qui est un trou dans le sol. Encrés dans le mur du fond, des poteaux de

bois forment une échelle rudimentaire permettant de monter au grenier. La maisonnette est située dans une rue étroite qui monte, couverte de pavés et bordée par un mur d'enceinte. Celui-ci a une brèche qui me permet soudain de voir arriver, se détachant d'un horizon plat et sortant d'un bosquet, une horde de cavaliers lourdement armés, poussant des cris de sauvages. Leurs chevaux au galop, soulèvent du sol une poussière rouge. Je sais que je vais mourir de mort violente dans les minutes qui suivent. Je me réveille en sursaut, le cœur battant à tout rompre.

Les deux flash se passent à l'époque antique, dans le premier je suis jeune, dans le second, je suis âgée. Mais le paysage du second ne correspond pas à celui du théâtre des environs de Taormine. Alors, est-ce qu'entre-temps j'ai changé de région ? Ce n'est pas impossible. Comment savoir ? Il y aurait bien eut l'hypnose...

Quatre autres rêves font peut-être partie d'une même existence. Dans le premier *souvenir, nous sommes un dimanche d'été dans la campagne, sur les larges rives de galets d'une rivière au cours tranquille, bordée de feuillus. Je pique-nique avec mes parents et mes frères, comme plusieurs familles, aux pieds d'un aqueduc. D'après nos vêtements (chemise blanche, costume noir pour les hommes, chemisier blanc et jupe longue noire laissant voir des bottines pour les dames,) je pense que nous sommes vers 1915. Je dois avoir une vingtaine d'années, je suis brune, les cheveux relevés en un gros chignon, je suis grande et mince. Je ne suis pas heureuse, je n'aime pas ma vie. Pire que cela : j'ai honte de ma famille. Nous sommes des italiens immigrés et gens du cirque. Un petit cirque minable. Je suis trapéziste. Je déteste notre roulotte et devoir camper tous les soirs, changer de villes sans cesse. Au cours de ce pique-nique, mon père décide de faire des acrobaties en se suspendant à une corde fixée au garde-corps de l'aqueduc. J'essaie de l'en dissuader car j'en ai assez de ses pitreries visant à montrer aux gens qu'il est encore capable à son âge de faire des contorsions au bout d'une corde. J'ai honte de mon père et à ce moment précis, je le déteste pour ce qu'il fait. Mon rêve prend fin à cet instant. »*

Quand Sara se réveille avec le souvenir de cette scène, elle comprend pourquoi depuis qu'elle est enfant elle ressent un malaise à la vue d'un cirque, même si c'est sur un écran de télévision et pourquoi elle déteste le camping, synonyme pour elle de vie précaire.

« Mon père est né de parents italiens immigrés en France. Qui était cette jeune fille du cirque ? Appartenait-elle à ma famille ?
Était-ce la même personne que je retrouve dans ces hautes vignes (comme celles d'Italie), en train de vendanger, habillée d'un chemisier et d'une jupe noirs datant du début du XXè siècle. Je n'aime pas ce travail et je ressens l'hostilité des gens qui m'entourent. J'ai le sentiment qu'ils m'ont recueillie par devoir. Au bout du vignoble qu'un chemin partage en deux, une grande et belle maison à étage, aux nombreuses fenêtres très hautes. J'ai pénétré par nécessité dans le vestibule de cette maison : le carrelage est en damier noir et blanc. Il y a un escalier qui tourne à gauche

avec une rampe en fer surmontée d'une main courante en bois. Je ne suis pas autorisée à aller au-delà du hall d'entrée de la maison. Celle-ci n'appartient pas à ma famille. Je comprends maintenant l'angoisse que j'ai toujours éprouvée à la vue d'un vignoble».

Une autre nuit, un autre flash et je retrouve la jeune femme dans un cimetière atypique : vu du ciel, il doit former comme un escalier géant dont les tombes serrées les unes contre les autres sont des marches, faute de place. C'est un petit cimetière à flan de coteau très pentu. On y accède par le haut. En contrebas, passe une route étroite et très sinueuse. Aujourd'hui, on enterre ma grand-mère. Toute notre famille est présente. Je suis triste. Il fait très chaud. Nous sommes tous habillés de noir. Les jupes des femmes frôlent le sol.

Lors d'un circuit touristique que j'ai fait en bus dans la région de Salernes en Italie, j'ai furtivement entrevu un petit cimetière situé sur une pente raide dominant la petite route sinueuse. J'ai cru reconnaître l'endroit, mais était-ce bien celui-ci ? Je n'ai pas pu le visiter.

Quant au quatrième tableau, je suis persuadée l'avoir rêvé au moins deux fois. Toujours habillée de noir (mode 1910 environ), je marche dans la chaleur de l'été dans un grand champ de blé sur une colline. Presque au sommet, une maison en pierre avec un étage. La bâtisse est en ruine : il n'y a plus de toit, il ne reste que les quatre murs. C'était ma maison et j'éprouve une grande nostalgie car j'y étais heureuse. Je vivais avec un homme très grand et brun qui travaillait dans les champs. Mon mari ? Il est décédé lors de la destruction de la maison (incendie ? Tremblement de terre ?). Derrière chez nous, un plateau est traversé par un large chemin qui mène à notre maison. J'ai le cœur lourd car maintenant, je suis seule.

Comment relier les scènes ensemble ? Est-ce la fille du cirque qui a regagné l'Italie ? A-t-elle épousé un cultivateur ? Des viticulteurs, membres de sa famille, l'ont-ils recueillie ? Je vois les paysages, les gens, je ressens les émotions de celle qui vit ces moments-là, mais je n'ai aucun nom, aucune date.

Elle aurait préféré ne pas avoir à se poser de questions, surtout celles qui n'auraient jamais de réponse. *« Des questions, toujours des questions ! Je n'arrête pas de me poser des questions ! Il faut dire que j'ai tout le temps nécessaire pour cela. »*

Sara est arrivée sur le plateau au-dessus de sa caverne. Elle quitte la petite route et gare le véhicule sous des pins, derrière un taillis de buis.

« Je vais devenir folle. Il faut absolument que je retrouve d'autres survivants ! Où les chercher ? » Commencer sans trop m'éloigner, car plus le trajet sera long, plus je risque de me faire intercepter par la milice. Vivre dans cette caverne, même confortablement aménagée n'est pas une solution à long terme. La lumière du jour me manque trop. Ce n'est qu'un ventre obscur. Ventre obscur ? C'est ainsi que la fille de Taormine appelait le petit théâtre la nuit

venue. Elle s'y sentait en sécurité. Est-ce ce qui m'a poussée à vivre dans cette cavité ? Les fortes émotions de notre mémoire génétique influenceraient-elles nos décisions et nos comportements actuels ? Mais, cet habitat troglodyte n'est pas pour moi. C'est une erreur. »

Il y a bien un endroit qu'elle connaît suffisamment pour pouvoir se cacher en cas de mauvaise rencontre, un lieu qui offre des reliefs d'où elle pourra déceler les éventuels mouvements humains... Chorges, dans les Hautes-Alpes. Le berceau de la famille de sa mère. Deux heures et demie de route.

« Il faut que j'étudie ce projet. Quels sont les moyens de la milice ? Il y a les drones. Leur reste-t-il encore des pilotes d'hélicoptère ? » Son avantage, c'est qu'ils l'a voulaient vivante. Mais elle doit penser à toutes les éventualités. Comme au jeu d'échecs. *« Tout le monde aurait dû jouer aux échecs : apprendre à se mettre à la place de son adversaire pour anticiper ses réactions et ainsi, avoir toutes les chances de gagner la partie.*

L'empathie est une gymnastique de l'esprit qui permet de deviner les pensées et les réactions des autres. Le meneur est celui qui prend le temps de réfléchir. A l'échelle d'une nation, celui qui la dirige doit savoir anticiper dans tous les domaines pour garantir l'avenir de l'ensemble de ses citoyens. Cela n'a pas été fait et voilà où nous en sommes, car cette pandémie était prévisible et sa venue logique. Il y avait eu suffisamment d'alertes. »

Sara déplie la carte de la région et étudie la route la plus courte pour aller du canyon du Verdon jusqu'à Chorges. Il est plus prudent qu'elle reste sur des routes secondaires qui lui offriront la possibilité de fuir par un chemin de traverse en cas de mauvaise rencontre, ce que l'autoroute ne lui offre pas. Dans le coffre de son véhicule elle place une tronçonneuse pour couper les arbres ou poteaux électriques tombés sur la route, un sac de vêtements, une pelle et sur les sièges arrières : des cartons de nourriture et un VTT, ultime moyen de fuite si elle se retrouve bloquée. Elle emportera son arme, même si elle sait qu'elle ne parviendra pas à tirer sur un être humain. Quand elle met son revolver dans la poche de son treillis, c'est dans l'éventualité de devoir se défendre contre les chiens devenus sauvages ou les sangliers qui le sont maintenant beaucoup moins.

La jeune femme établit une liste de tout ce dont elle aura besoin. *« Ce n'est qu'une expédition, je reviendrai ici pour prendre mes affaires dès que j'aurais trouvé un autre abri et peut-être ceux qui y vivent».* Sara les appelle les « autres » car elle ne veut pas utiliser le mot « survivants » qui résume une situation catastrophique.

Retrouver son passé, chercher les autres

Le lendemain, Sara s'en va dès que le jour est levé. Elle aime voir le soleil sortir petit à petit de l'horizon et étendre ses rayons sur le paysage. A l'intérieur de son nouveau gîte, elle ferme la porte à double tour. « *Je ne serai absente que quelques jours sans doute, juste le temps...* » Elle n'ose pas poursuivre sa pensée trop pleine d'espoir.

Pendant la première heure du trajet, la voyageuse pense encore à sa nouvelle vie. Ses préoccupations sont tellement différentes : plus de factures à payer, de papier à remplir mais pas d'autre projet que celui de survivre. Comme les animaux. Ceux-ci ont enfin une vie paisible maintenant. Plusieurs fois, elle doit freiner et même s'arrêter pour laisser passer des chevreuils qui tranquillement traversent la voirie. Certains s'immobilisent pour la regarder avec curiosité. C'est un charmant spectacle qui fait sourire Sara. Les chevreuils, les cerfs, les biches, les sangliers se regroupent en petits troupeaux. Les chasseurs qui les tuaient en éprouvant le plaisir de décider de leur mort, ne sont plus là. Les loups et les chiens sont en meutes. Ils sont des prédateurs naturels mais n'ont pas la facilité de tuer que donne les fusils.

A la fin de l'automne dernier, Sara attablée dans un bar, avait surpris la conversation de trois chasseurs de son village. Ils étaient âgés plus ou moins de soixante-dix ans et cumulaient tous les clichés du vieux chasseur : macho, brutal et inculte. Des résidus des chasseurs-cueilleurs de la préhistoire. L'un d'entre eux se vantait d'avoir tué douze chevreuils pendant la saison précédente, tout en avouant en riant qu'il ne mangeait jamais de gibier (qu'en faisait-il ?) Un autre déplorait qu'il y avait, chaque année, de moins en moins de bêtes à chasser (sic). Et le troisième racontait qu'il avait trouvé dans son chenil où il les tenait enfermés pendant toute la période de non chasse, soit cinq à sept mois, un de ses douze chiens, mort des suites d'une éventration faite par un sanglier. *« Et dire que je l'ai entendu affirmer qu'il aimait la nature ! S'il*

66

aimait sa femme de la même façon, qu'est-ce qu'elle devait déguster ! » Par la suite, un voisin matinal de Sara avait surpris ces chasseurs en train de déposer de la nourriture près d'une petite mare pour fidéliser leur futur gibier.

Les randonneurs de l'automne étaient effrayés du danger que représentait la proximité des chasseurs près des chemins balisés. Pourtant, le Préfet du département voisin avait autorisé l'ouverture de la chasse au 1er juillet, soit deux mois et demi avant la date prévue. Pourquoi ? Parce que des agriculteurs se plaignaient que des chevreuils traversaient les champs et abîmaient ainsi leurs futures récoltes. Les renards étaient toujours déclarés animaux nuisibles alors que plus personne n'avait de poulailler à défendre, mais les quelques lapereaux que les renards tuaient pour survivre n'iraient pas, à taille adulte, dans les marmites des chasseurs. Qui était le vrai prédateur ? « *Il n'y avait pas trop d'animaux dans les forêts, il y avait trop d'hommes sur terre. Le nouveau virus a rétabli l'équilibre naturel.* »

Après Sisteron, Sara apprécie la route. La vallée est étendue et la vue dégagée. C'est l'ancien lit d'une rivière autrefois large et impétueuse, aujourd'hui canalisée : la Durance. Les montagnes aux courbes douces ont encore des pentes accessibles. Sara ne ressent aucune angoisse devant ce paysage déserté par les humains, au contraire, elle est apaisée.

Dans une ligne droite, avant d'arriver à un hameau, elle lève le pied de l'accélérateur afin de ralentir. C'est encore un réflexe : autrefois, entre deux maisons bordant la route, des motards de la gendarmerie se cachaient pour surprendre les conducteurs qui ne respectaient pas les 70 Km/h exigés par les panneaux. Sara réalise soudain qu'elle peut rouler à la vitesse qu'elle veut et accélère, agacée par sa réaction stupide. Un écureuil écrasé sur la chaussée attire son attention. « *Si l'animal a été écrasé c'est qu'une voiture est passée dessus et il n'y a pas si longtemps, sinon il ne resterait plus rien de la bête, son cadavre servant de repas à d'autres animaux* ».

Tout d'un coup, son cœur saute dans sa poitrine, ses mains se crispent sur le volant et ses yeux s'agrandissent de stupéfaction : une autre petite voiture venant en sens inverse va la croiser ! Sara reprend ses esprits et freine brusquement en même temps que la Panda grise, mais les deux véhicules roulent trop vite pour s'arrêter à la même hauteur. Elle a eu le temps de voir que la conductrice inattendue a une quarantaine d'années et des cheveux blonds. Sa stupeur a été égale à la sienne.

Les deux véhicules se sont arrêtés à une distance de cinquante mètres environ l'un de l'autre. Dans son rétroviseur, Sara observe les stops allumés. Son cœur bat fort mais il faut faire quelque chose. Elle met le frein à main. Au moment où elle ouvre sa portière, elle voit la Panda redémarrer en trombe! Sara ne sait que faire. Si la femme a peur, la suivre serait dangereux, elle pourrait lui tirer dessus en pensant être poursuivie pour de mauvaises intentions.

Avant que Sara n'ait pris une décision, la voiture grise a disparu de l'horizon, laissant

Sara décontenancée. *« Le seul être humain que je vois depuis des mois en dehors de la milice, s'enfuit comme si j'étais un prédateur ! Elle était terrorisée, je l'ai bien vu dans son regard et je l'étais guère moins. Peut-être que les miliciens sont aussi ici ».*

La jeune femme hésite un instant et finalement redémarre, elle ne peut rester à découvert plus longtemps. Elle fonce jusqu'à l'embranchement formé par la route menant à Gap, appelée «route Napoléon» car utilisée par celui-ci lors de sa tentative de reprise de pouvoir, et prend à droite pour aller à Tallard, jetant un coup d'œil à l'aérodrome bordant la voie nationale. Pas âme qui vive. Le village est agrémenté d'un imposant château médiéval en partie ruiné depuis un incendie survenu à la fin du dix-septième siècle, mais qui laisse apparaître des tours d'angle et des corps de bâtiment aux nombreuses fenêtres à meneaux. A la sortie de Tallard, débute une petite route sinueuse que Sara connaît par cœur. C'est la route de ses vacances, celle qu'elle prenait jusqu'à son mariage, la route qui la ramène au village où vécurent les quatre dernières générations de sa famille. Au-delà, grimpant dans son arbre généalogique maternel, il faut se rendre à Venterol, petit village à l'écart de Tallard, qui abrita ses ancêtres, notaires de père en fils, dès le quinzième siècle.

Tout en conduisant, Sara pense à sa rencontre. Espérer pendant des mois retrouver un rescapé et le laisser s'échapper ! *« Comment faire pour persuader cette femme que je ne lui veut aucun mal ? Nous retrouverons-nous ? Aurons-nous apprivoisé notre peur réciproque entre-temps ? Oui, nous nous retrouverons, au point précis où nous nous sommes croisées. L'une attendra l'autre »*.

Elle s'aperçoit qu'elle est en train de serrer le volant si fort que ses phalanges en sont blanches. *« Relaxe ma fille, relaxe. Tu es encore en vie et personne ne te poursuit »*. Encore un coup d'œil dans les rétroviseurs pour s'en assurer. Elle respire deux fois à plein poumons et se détend enfin. Pour se changer les idées, la jeune femme enclenche un CD de Céline Dion dans son lecteur. Écouter une voix sublime chanter de belles chansons qui ont un sens lui redonne le moral. « *Le pouvoir de la musique est puissant. Il paraît que même les plantes y sont sensibles. Je vaux bien un cactus.* »

Son véhicule poursuit son trajet en reprenant un tronçon de la route Napoléon qui l'amène à Chorges. Avant le village, au niveau de la petite gare à droite, elle prend un chemin qui grimpe à travers des collines arides de terre grise schisteuse. La maison familiale nichée au creux de deux montagnes boisées l'attend. Ici, Sara se sent en sécurité. Aucun véhicule ne pourrait approcher de la maison sans qu'elle ne le voit ou ne l'entende à 2 km à la ronde. De quoi lui donner le temps de fuir dans la forêt qu'elle connaît bien.

Le grand chalet construit par les parents de sa mère n'appartient plus à sa famille. Au décès de ses grand-parents, il a été vendu à une femme médecin. Sara n'a pas de mal à pénétrer à l'intérieur, la porte n'est pas fermée à clef. Sur le coup, elle se tient sur ses gardes, si la porte n'est pas fermée à clef c'est que la propriétaire est encore à l'intérieur. Elle s'apprête à sentir l'odeur devenue familière des corps en décomposition. Mais rien. Dans la cuisine donnant sur la façade sud, elle s'assoit sur une chaise. Les rayons de soleil traversent les vitres de la porte-fenêtre qui s'ouvre sur un large balcon. Sara sourit en baissant les yeux sur le carrelage que sa grand-mère avait choisi : une mosaïque de carreaux cassés beiges, bleus, noirs, vert émeraude collés pêle-mêle, un mélange de pièces de puzzle sans motif. Quant elle était enfant, Sara avait trouvé l'idée absurde de casser des carreaux de céramique pour en faire un assemblage aléatoire. Mais en visitant Pompéi, elle a vu le même pavement sur le sol d'une pièce de réception dans une villa récemment mise à jour. Sa grand-mère lui avait confié qu'un de ses regrets était ne pas avoir visité Pompéi. Elle avait toujours été attirée par l'histoire de cette ville engloutie par les cendres du Vésuve. Encore un petit hasard insignifiant.

Sara promène son regard dans la petite cuisine. Les meubles ont changé. Ils ne sont plus en formica bleu, mais en bois blanc cérusé. Cela ne fait rien, c'est toujours la cuisine de sa grand-mère. La même porte-fenêtre avec la même poignée en fer blanc. D'un mouvement instinctif, Sara pose sa main dessus. Refaire le même geste que ses aînés, sur le même objet, se donner la brève illusion que le temps est immuable. Que les membres de sa famille ne sont pas morts. Ou admettre que les morts ne sont qu'effacés de la vue des vivants ? Pas tout à fait détruits, juste transparents et intouchables. *« Grand-mère était fermement convaincue que l'on vivait plusieurs vies mais n'osait le dire tout haut car elle était catholique pratiquante, or cette religion réfute le principe de plusieurs vies pour la même âme ».*

Pauvre grand-mère Louise qui n'avait pas eu une vie facile. Née à Paris, de parents qui divorcèrent rapidement, à une époque où le divorce était rare et mal vu. Elle avait été placée en nourrice, puis élevée par sa grand-mère, sa mère étant obligée de travailler pour vivre. A 20 ans, Louise se maria et devint maman à 21 ans. Puis divorça à 24 ans n'acceptant pas les adultères de son mari. Elle trouva un emploi et confia sa fille à sa mère.

Sa rencontre avec un jeune militaire célibataire qui attendait son affectation pour une des colonies Françaises allait changer le cours de sa vie. Ce fût Madagascar. Comme ils ne devaient y rester que neuf mois, la jeune femme prit la décision de confier sa petite fille à sa mère, afin de lui épargner un long voyage et les dangers de la vie de ce pays lointain. C'était sans compter la deuxième guerre mondiale. Ils restèrent à Madagascar neuf ans. Lorsqu'ils revinrent dans les Hautes-Alpes, en 1945, ils étaient accompagnés de leurs trois filles, laissant dans le cimetière de Tananarive un petit garçon décédé à l'âge de quelques mois. La jeune mère était à nouveau enceinte. Le couple eut encore trois enfants, nés à Embrun. Cette Parisienne élégante qui ne voulait que deux enfants en a eu huit. Louise ne put les aimer, ces intrus que la nature lui imposait et les dressa dans une discipline de fer, en souhaitant qu'ils grandissent vite et quittent au plus tôt le foyer. Pour cette femme qui n'avait pas eu la vie qu'elle avait souhaitée, la plus grande avancée de l'humanité fût l'invention de la pilule. Progrès dont elle n'avait pu hélas bénéficier. Pourtant, lorsque la manette de la vie eut tourné pendant une vingtaine d'années, cette mère de famille nombreuse apprécia d'être entourée par ses enfants devenus adultes.

Dans le silence de cette cuisine, Sara ferme les yeux. Elle entend à nouveau les voix de ses chers disparus, les petits drames familiaux, les rires aussi lors des repas pris autour de la petite table en formica bleu dont on ne cessait de tirer les rallonges pour ajouter des couverts.

Tant d'années, tant de temps passé... Toute sa famille... Les cavalcades de ses jeunes cousins dévalant l'escalier le jour de Noël. Leur bousculade et leurs cris d'excitation pour trouver leurs cadeaux devant le beau sapin ramené de la forêt. Ces moments de bonheur en famille sont-ils effacés à jamais ? Sara est donc la seule à s'en souvenir ? La perte de tous les siens est parfois si lourde à porter. De cette famille nombreuse, elle est la seule rescapée. Sara se sent plus abandonnée que jamais. Son cœur va crever de chagrin.

Sous le coup de la douleur, elle se sent défaillir et ouvre les yeux. Ils sont secs, c'est son cœur qui saigne. Ne pourrait-elle faire glisser le bout de son index sur ces murs pour restituer les conversations des disparus, comme un énorme disque d'argile portant l'empreinte des voix ? *« Peut-être que je devrais finir ma vie ici. Quand on n'a pas d'avenir, on s'accroche à son passé. Surtout s'il a été heureux. »*

Et toujours cette question : *« pourquoi seulement moi ? »*

Comme elle n'a toujours pas la réponse, Sara se reprend. *« Bon, visitons un peu notre maison. Quels travaux a fait la nouvelle propriétaire ? »*

De la cuisine, elle passe au salon. Les patins de feutre imposés par sa grand-mère ne sont plus là. Le parquet craque un peu sous ses pas. Une des fenêtres a été remplacée par une porte-fenêtre donnant sur une vaste véranda qui n'existait pas avant. Sortant du salon, elle longe le couloir qui mène aux deux chambres, l'une pour la femme médecin et l'autre pour son fils. Elles ont été aménagées avec des meubles modernes,

Sara prend l'escalier intérieur qui mène à l'étage. Un petit corridor dessert trois grandes chambres avec chacune une plus petite, attenante en sous-pente. Le grand-père avait prévu de loger, pendant les vacances, ses trois filles aînées et leur famille qui ne vivaient plus dans les Hautes-Alpes. Sara visite les deux premières chambres très peu meublées. Lorsqu'elle ouvre la porte de la troisième, celle de ses parents, sa main se crispe sur la poignée, son cœur s'arrête de battre : le corps d'une femme s'étire, pendu au crochet du lustre ! La nouvelle propriétaire sans doute. Sara ne voit pas son visage, celui-ci est heureusement tourné vers la fenêtre.

Elle réagit soudain lorsqu'un asticot tombe sur sa main posée sur la poignée de la porte. En levant la tête, elle voit les petits insectes dodus qui se promènent sur le plafond et les murs. L'odeur dans la pièce est atroce. Sara claque la porte et frotte le dessus de sa main contre son chandail.

Ce n'est pas la première fois qu'elle voit un cadavre. Mais elle est choquée que la femme se soit pendue dans la maison de son enfance, le cœur de sa famille réunissant tous ses membres pendant les vacances. Le sanctuaire est profané. Sara ressent une violente nausée qu'elle tente de réprimer en mettant la main devant sa bouche et dévale les escaliers. Elle ne peut plus rester ici !

Dehors, l'air est frais. Le ciel est d'un bleu magnifique comme il l'est souvent dans ce territoire où il n'y a jamais eu d'industrie polluante. Une fois remise de ses émotions, Sara remarque qu'à la lisière de la forêt, à cent mètres de la maison, un chevreuil broute tranquillement. *« Les animaux ne sont plus inquiétés par les hommes. Bientôt, ils oublieront même qu'ils ont existé. »*

Au moment où elle s'apprête à remonter dans son véhicule, Sara jette un regard au petit chalet, cent mètres plus haut, au bout du chemin sans issue. Ce deux pièces avait été construit pour ses arrières-grand-parents. A côté, une cabane à outils faite de briques en pisé beige. Un de ses grand-oncles lui avait expliqué que chaque brique avait été confectionnée par son propre père grâce à un moule ramené de Tunisie où il avait travaillé pour les chemins de fer.

Sara ne résiste pas. Elle sait qu'elle ne reviendra sans doute jamais sur la terre de ses ancêtres et veut voir une dernière fois ce petit chalet.

Enfant, à peine arrivée en vacances, on lui demandait d'aller embrasser son arrière-grand-mère aux joues si creuses que le contact était désagréable. La petite fille trouvait la vieille dame assise dans un grand fauteuil en rotin sur l'agréable terrasse prolongeant le chalet. La vue y est magnifique sur la montagne des Aiguilles de Chabrière. Au décès de son aïeule, un de ses fils hérita de la petite propriété. Il y passait ses vacances d'été. Mais le petit chalet était fermé depuis vingt ans car la source qui l'alimentait était tarie. Il y avait de moins en moins d'eau dans les Hautes-

Alpes aussi. La seule source généreuse qui alimentait le village était captée depuis une trentaine d'années. Une usine d'embouteillage avait été construite non loin de la gare.

Sara prend résolument le chemin de terre. En passant devant le vieux baquet qui tombe à présent en ruine et dans lequel autrefois se jetait un ruisseau, Sara remarque à quelques pas, une croix de bois plantée à la tête d'un monticule de terre fraîche. Enfin ce qui reste d'un monticule de terre, car des animaux ont creusé. Sara détourne soudain son regard. *«Le fils !»* se dit-elle. Elle presse le pas. Quelques mètres plus loin, au milieu du chemin, une chaussure en cuir jaune. D'après le modèle et la pointure, elle comprend que c'est une des chaussures du fils du médecin. En passant à côté, elle jette un coup d'œil. Un morceau de tibia en sort ! *« La chaussure et le pied qui va avec ! La femme n'avait pas assez de force pour creuser profondément. Les animaux ont déterré le fils et l'ont bouffé ! »*.

C'en est trop ! Prise d'un haut le cœur, Sara fait demi tour et s'enfuit jusqu'à sa voiture qu'elle démarre en un quart de tour pour quitter cette terre qu'elle avait hâte de retrouver une heure auparavant. Aujourd'hui, cette terre sacrée est souillée par la chair en décomposition des étrangers qui ont eu la très mauvaise idée d'y mourir.

Au village, Sara se gare sur le parking d'un hôtel, empoigne son sac de voyage. La porte de l'auberge est ouverte. La voyageuse choisi une chambre à l'étage, jette son sac sur une chaise et s'effondre sur le lit. *« Trop d'émotions, je n'en peux plus ! »*. Sara s'endort aussitôt.

Lorsqu'elle se réveille quatre heures plus tard, le soleil est déjà bien bas au creux de deux montagnes. Encore une heure et happé par la nuit naissante, il disparaîtra.

Sara reste étendue sur le lit, le visage tourné vers le plafond. *« Que faire ? Je comptais rester ici quelques jours, peut-être même plus. Explorer les environs, à la recherche des autres. Quand je croise quelqu'un, une peur panique nous fait fuir !*

Demain, j'irai jusqu'à Embrun. En attendant, avant que la nuit arrive, j'inspecterai tout le village en me déplaçant silencieusement à pieds. S'il reste quelqu'un de vivant, je tomberais bien dessus. Et si ce survivant est menaçant, je connais si bien ce village que je saurais où me cacher.

Le gargouillement de son estomac lui rappelle que son petit déjeuner est bien loin. Elle n'a rien avalé depuis ce matin. *« Toujours mon solide appétit ! »* Elle n'a pas envie de manger dans cette petite chambre d'hôtel. Sara descend et se rend à la salle à manger. Celle-ci possède une grande véranda dans laquelle elle s'installe. Les tables sont couvertes d'une nappe à carreaux rouges, les couverts sont mis. La jeune femme déballe un paquet de biscuits, une barquette de compote et une brique de jus de fruit. *« très équilibré comme repas ! Je suis très déçue par le menu madame ! »* dit-elle tout haut, s'adressant à une aubergiste invisible.

Son repas terminé, Sara sans s'inquiéter des miettes et des emballages vides qu'elle laisse sur la table, sort de l'hôtel. L'air est doux, mais les jours sont plus courts, annonçant l'automne.

Elle déambule dans les rues étroites de Chorges, pas très rassurée, la main sur la poche de son pantalon qui accueille son revolver. Elle aime ce village dont le centre a été mis en valeur. L'ancestrale fontaine au milieu de la placette entourée de grosses maisons trapues, tricentenaires, aux rares petites fenêtres qui donnent si peu de lumière dans les pièces. Construites au temps des longs hivers enneigés, leurs toitures d'ardoise grise ont des pentes abruptes pour que la neige glisse. Le père de Sara lui racontait que pendant la seconde guerre mondiale, il y avait tellement de neige que les habitants avaient dû y creuser des tunnels pour circuler d'une rue à l'autre. Avec le réchauffement de la planète depuis les années 1970, il neigeait de moins en moins. Quelle était l'implication de l'homme dans ce réchauffement climatique ? Etait-il temps finalement que la Terre se débarrasse de la nuisance que représentait la race humaine ?

Ses pas l'ont amenée à la sortie du village. La petite poste est au rez-de-chaussée d'une villa construite dans les années cinquante. La maison voisine a un jardinet qui attirait tous les enfants passant par-là. Blanche-Neige et les sept nains en terre cuite, dispersés autour d'un petit moulin, d'un puits, et d'un petit pont qu'une cigogne avec une patte figée en l'air semble vouloir traverser. Combien d'enfants, dont elle fit partie, s'étaient arrêtés devant ce décors que les adultes qualifiaient de « kitch » ? Revoir cette mise en scène immuable, c'est replonger dans son enfance, le temps sans soucis. Cela fait bien trente ans que ce jardin existe tel qu'elle le revoit aujourd'hui. Sans doute, autrefois, quelqu'un à une des fenêtres de la maison, soulevait un coin de rideau pour mieux voir le visage émerveillé de ces petits enfants fascinés. Qu'y a-t-il de plus beau que le sourire d'un enfant, la pureté de son regard innocent ? Le visage de son fils enfant, la regardant avec tendresse lui apparaît soudain. Sentant la tristesse l'envahir, Sara se décide à poursuivre son chemin.

La route est bordée des deux côtés par

de vieux marronniers dont les feuilles jaunies bruissent dans le vent léger. Au bout de l'allée, un chemin goudronné grimpe au cimetière.

Elle hésite et reste un instant immobile au milieu de la route. Puis elle se décide, d'abord à petits pas, puis c'est d'un pas sûr qu'elle se dirige vers son passé. Ayant poussé la grille du cimetière qui grince dans le silence, Sara va s'asseoir sur le tombeau de marbre noir où dorment les parents de son père. De là, son regard se pose sur la pierre tombale de la famille de sa mère. Un peu plus loin se trouve la concession que celle-ci a achetée il y a quelques années, une place lui était réservée.

Pourquoi autrefois, aimait-elle visiter les cimetières ? Ce sont des endroits silencieux, aux allées bien ordonnées. Tous ces gens ont aimé, ont été capables du meilleur comme du pire, pour certains nés dans la richesse, d'autres dans la pauvreté, mais dont les destins pouvaient basculer. Finalement, tous sont exactement dans le même état, au même endroit, côte à côte, à égalité.

Auparavant, cette visite bien que rare lui apportait la sérénité. Elle savait où elle reposerait pour l'éternité, à côté de tous les siens. Aujourd'hui, elle se doute bien que lorsqu'elle mourra, il n'y aura personne pour l'enterrer ici.

Elle n'est pas de ceux qui pensaient que la mort est une fin. Sara croit qu'après que le cœur ait cessé de fonctionner, l'âme s'échappe vers une autre dimension. D'ailleurs, elle a déjà vu revenir quelqu'un. Une nuit, alors qu'elle dormait chez elle, il lui semble s'être réveillée. Au pied de son lit une jeune fille aux nattes blondes la regardait. Elle portait une longue robe en coton bleu et un tablier bleu-marine. Sara lui a demandé :

« - *Mais que fais-tu là ? Chez moi en pleine nuit ?*

— *Je suis chez moi.*

— *Mais non, je suis chez moi ici. Tu ne peux pas avoir vécu ici. Quand on a construit cette maison avec mon mari il n'y avait rien. Pas même une ruine.*

Comment t'appelles-tu ?

— *Je m'appelle Lili.*

— *Lili ? C'est pas un prénom ça.*

— *En fait, je m'appelle Louise, mais tout le monde m'appelait Lili. Je travaillais dur dans les champs, ici, sur ces terres où je vivais avec ma famille. On était des paysans. J'étais tout le temps fatiguée mais je devais quand même travailler tous les jours.*

— *en tout cas, ici, c'est chez moi. Tu es une menteuse !* »

L'apparition s'est alors effacée laissant Sara bizarrement sans émotion. Elle a allumé sa lampe de chevet et a jeté un coup d'œil à son mari, toujours endormi. Elle a décidé de ne jamais lui parler de cette apparition nocturne qui n'était peut-être qu'un rêve après tout. Cependant, à plusieurs reprises, alors qu'ils venaient de se coucher, Sara a senti un léger parfum fleuri flotter dans leur chambre. Questionné à ce sujet, Alex lui répondait qu'il ne sentait rien. Lili ne réapparut jamais.

Une nuit, alors qu'ils avaient laissé leur chambre à des amis, Sara et son mari dormaient sur le clic-clac du salon. La jeune femme se réveilla car quelqu'un s'était assis contre sa tête, coinçant ses cheveux. Les yeux grands ouverts dans l'obscurité, la jeune femme mit un moment pour maîtriser sa peur. Elle étendit d'abord un bras sous les couvertures pour vérifier qu'Alex dormait à ses côtés. Lorsqu'elle trouva le courage de lever l'autre bras pour aller toucher la personne assise sur sa chevelure, elle sentit celle-ci se libérer. Sara ne jugea pas utile d'en parler jusqu'au jour où …. elle logea une amie qu'elle fit dormir sur le même canapé. Le lendemain matin, celle-ci demanda lequel de ses deux hôtes avait fait une crise de somnambulisme et s'était assis sur ses pieds la nuit précédente.

Quelques mois plus tard, Sara se rend chez un voisin qui habite à deux cents mètres en contrebas de sa propriété. La jeune femme y découvre une petite maison en ruine enfouie sous la végétation. Le terrain d'Alex et de Sara faisait-il partie autrefois de cette propriété ? Une jeune fille appelée Louise y était-elle morte ?

Le soleil couchant enveloppe de rose et d'orangé la montagne rocheuse qui veille sur Chorges. Là, rien n'a changé, le spectacle est toujours aussi beau. L'homme n'est plus là pour le voir. Mais la Terre tourne toujours, les saisons s'installeront chacune à leur tour, année après année, la roue du temps filera, sans bruit, sans pollution, sans l'homme. Et la Terre redeviendra un paradis.

Sara frissonne, ferme sa veste et s'en retourne à l'hôtel.

Après une bonne nuit de huit heures de sommeil dont elle ne se rappelle pas les rêves, une petite toilette à l'eau froide et un déjeuner de biscuits, la voyageuse reprend la route pour Embrun. L'air est frais, le ciel d'un bleu parfait, les forêts s'enflamment des couleurs de l'automne. C'est la saison préférée de Sara. Elle prend plaisir à observer ce paysage tout en conduisant. De temps en temps elle jette un coup d'œil dans le rétroviseur pour vérifier qu'elle n'est pas suivie.

La route menant à Embrun est un long lacet qui monte et descend doucement, longeant le lac de Serre-Ponçon, retenue d'eau créée par l'homme en 1959. Le barrage de terre auquel avait travaillé son père, retient les eaux de la Durance. Sara se souvient avoir entendu son grand-père raconter que son propre grand-père, radelier sur cette rivière, faisait descendre les troncs de mélèze flottant, attachés les uns aux autres, jusque dans les Bouches-du-Rhône. Un jour, il avait sauvé de la noyade un radelier habitant Saint-Maximin. Cette ville, en remerciement, l'avait élu citoyen d'honneur.

Avant de passer sur le pont long de 1 km, qui enjambe le lac pour rejoindre la petite ville déplacée de Savines, Sara regarde la chapelle Saint-Michel. Quand la vallée n'était pas encore inondée, c'était une promenade ardue que de se rendre à la chapelle car elle se trouvait au sommet d'une montagne. Isolée, elle dominait la vallée dans laquelle Savines avait été construite. Lors de la mise en eau du barrage, la ville fût noyée, crevant le cœur des anciens, déracinant les familles, détruisant les patrimoines ancestraux. L'homme destructeur de la racine de l'homme, au nom de l'intérêt économique. La chapelle se retrouva cernée par l'eau de la Durance. Sauvée, mais toujours difficilement accessible sur son îlot.

La conductrice traverse la plaine des Crots et le village du même nom qui s'appelait autrefois « les Crottes » ce qui signifie « les greniers » en langue locale. Mais cette langue étant oubliée, il restait un nom de village peu glorieux. Aussi, les habitants l'ont-ils écourté il y a quelques dizaines d'années. Le véhicule de la jeune femme grimpe vers la ville perchée sur un énorme promontoire rocheux. Sara aime bien Embrun qui fut la capitale ecclésiastique des Hautes-Alpes pendant des siècles et qui a su se développer avec harmonie jusqu'à nos jours. Avant la pandémie, les jardiniers de la ville mettaient du cœur à l'ouvrage pour que cette antique cité reste fleurie le plus longtemps possible dans l'année. Aujourd'hui, les nombreux bacs à fleurs sont pitoyables du peu de plantes qui ont osé pousser, les parterres ne sont plus que des monticules de terre. Seules les fontaines officient toujours rompant le silence des rues pavées.

Sara gare sa voiture en face de la poste. En sortant du véhicule, un doute la saisit. « *Mais qu'est-ce que je suis venue faire ici ?* » Bien sûr, elle est heureuse de revoir « son » pays. Les bâtiments, les rues, lui sont familiers. Mais est-ce que cela suffira à la rassurer et lui donner envie de rester quelques jours ?

La voyageuse s'oblige à patrouiller en silence dans la petite ville. A l'angle d'une rue piétonne, une gargouille imitant une tête de lion rugissant, accrochée à une maison du treizième siècle semble la toiser avec férocité. *Comme les sentiments que l'on ressent nous font voir les choses différemment* ! Elle pensait se sentir en sécurité ici dans ce cadre qu'elle connaît si bien, elle se sent encore plus fragile et démunie. Est-ce parce qu'elle s'y retrouve seule, avec le poids de ses souvenirs ? Comme on peut se tromper sur ses propres réactions ! Sara s'était imaginée que revenir dans les pas de ses ancêtres, en terre familière, l'aiderait à supporter sa solitude. En fait, sa réaction est contraire : chaque coin de rues, chaque paysage puise en elle le souvenir de tous les membres de sa famille qui y ont vécu. Sara remonte dans le temps : ses parents, ses grand-parents, ses arrières-grands-parents qu'elle avait eu la chance de connaître, leurs frères, leurs sœurs, leurs enfants, leurs petits-enfants... Sara se répand mentalement dans la sève de l'arbre généalogique jusqu'aux parents de ses arrières-grands parents : elle est en 1860. Au-delà, elle ne peut plus mettre de visage sur les noms de ses ancêtres, elle n'a pas de photo ni de portrait peint. Elle prend conscience qu'elle est le produit de tous ceux qui ont existé avant elle et sans qui elle n'existerait pas aujourd'hui. La jeune femme ressent à présent une solitude écrasante parce qu'elle est le dernier fruit d'un grand et majestueux arbre généalogique, à la production féconde. Tout a un début et une fin.

Ne plus communiquer avec la parole l'obligeait à réfléchir davantage. Peu à peu sa conscience s'affine, ses sens sont plus efficaces. Son cerveau remonte à la primitivité de l'homme, lorsqu'il n'avait inventé que les quelques mots nécessaires pour se faire comprendre, au sein du petit groupe dans lequel il vivait. Certains paléontologues supposaient que ces premiers humains communiquaient entre eux, prioritairement par la pensée.

Sans s'en rendre compte, Sara se déprogramme peu à peu de la société moderne où l'on peut compter sur les autres. *« Oui, pour l'humanité, le processus du retour à zéro est enclenché. Quelques personnes avaient prévu la succession de pandémies. Tous des visionnaires ? Non ce n'était qu'une question de logique. Pourquoi le pouvoir politique avait-il fait l'autruche ? Y avait-il un intérêt caché derrière ce manque d'anticipation ou étions-nous vraiment gouvernés par des idiots ? »*

Tout d'un coup, elle retient sa respiration : un mouvement entre deux conteneurs à poubelle, elle en est sûre ! Doucement, elle sort son arme de la poche de son pantalon. Elle ne quitte pas des yeux l'endroit situé à vingt mètres environ. Un autre mouvement. Quelque chose de beige a bougé, accroupi. Soudain la chose sort du repaire : c'est un gros chien. Sur le moment, rassurée, Sara baisse son arme. Mais le chien l'a vue. En une fraction de seconde il est devenu un prédateur ! Elle comprend qu'il va se ruer sur elle, pivote et se met à courir. Heureusement, elle a un peu d'avance et n'est pas loin de sa voiture. Elle y arrive juste à temps pour voir l'animal se jeter sur la portière qu'elle vient de refermer. La bête a la bave aux babines et aboie bruyamment. A travers la vitre, Sara voit les yeux exorbités du molosse. Derrière lui, une meute d'une douzaine de chiens de différentes races galopent et se jettent à leur tour sur sa voiture. Il y en a un qui réussit à monter sur le toit du véhicule. Il doit glisser sur la tôle et ses griffes la rayent. La jeune femme tremble de peur et réalise alors qu'elle a en main son revolver. Elle n'a même pas pensé à s'en servir ! « *Rien à faire, je ne pourrais jamais tuer ! Même pas un animal ! Avec cet état d'esprit, mes chances de survie se réduisent !*»

La conductrice a remis son moteur en marche et klaxonne bruyamment. Les chiens surpris par le bruit s'écartent. Elle repart d'Embrun, la meute courant derrière son véhicule jusqu'au grand rond-point à la sortie de la ville, comme pour lui signifier de ne plus jamais y remettre les pieds. La ville leur appartient désormais. Sara retourne dans le Verdon.

Son escapade dans le pays de ses ancêtres est un échec sur toute la ligne. Mais elle se convainc de ne pas regretter d'y être revenue. Au moins, est-elle fixée. Sa situation ici ne serait pas meilleure que dans l'environnement du grand canyon.

En reprenant la route, à l'endroit précis de sa rencontre de la veille, Sara arrête son véhicule, en sort et inspecte toutes les directions. Mais rien ne bouge, nulle part. Résignée, la voyageuse reprend le volant, démarrant lentement, à regret. Au fur et à mesure qu'elle s'éloigne de la terre de ses ancêtres, la jeune femme a la sensation de refermer la porte de son passé et celle d'un fragile espoir d'avenir. Elle a le moral à zéro et se met à pleurer à chaudes larmes. Elle ne voit pas dans le rétroviseur les deux véhicules qui se sont lancés à sa poursuite et n'a pas le temps de réagir lorsqu'un grand 4X4 noir la double et se place devant elle, l'obligeant à freiner. Pendant ce temps, une Fiat Panda grise se maintient derrière son véhicule. *« Je suis foutue ! »* pense Sara qui finit par immobiliser sa voiture et reste prostrée, ses bras posés sur son volant. Elle attend.

Se reconstruire avec les autres.

Sa portière s'ouvre brutalement. Sara tourne la tête vers l'homme d'une quarantaine d'années, grand et brun. Il a un visage aux traits réguliers mais son regard est dur.

« - sortez ! Et gardez vos mains en l'air !

— est-ce que j'ai le droit de me moucher ? »

Il observe ses larmes et d'un signe de tête acquiesce.

— Vous êtes seule ?

— Ça ne se voit pas ? Et vous, combien êtes-vous ? Je cherche des survivants depuis des mois et quand j'en trouve une, elle s'enfuit, et vous, vous me traitez comme si j'étais une meurtrière en cavale.

— C'est bon, Patrick, on ne craint rien. Elle n'est ni contaminée, ni dangereuse pour nous ».

Sara se retourne vers la femme qu'elle n'a pas entendu venir derrière elle. Celle-ci est menue, blonde aux yeux bleus et lui sourit. Le cœur de Sara fond. Depuis combien de temps n'a-t-elle pas vu le sourire d'un humain ? *« La blonde que j'ai croisée hier ! »*

« - oui, nous nous sommes croisées hier sur cette route. En fait, mon frère et moi, on vous attendait depuis ce matin. On vous a vu passer et on vous a rattrapée. Je m'appelle Florence.

— bon les filles, il ne faut pas rester là à papoter ! On est à découvert. Comment t'appelles-tu ?

— Sara. (Elle nota le soudain tutoiement sans s'en offusquer).

— Monte dans ta voiture et suis-nous ! ».

Elle ne se rebella pas devant l'autorité de cet homme, peut-être rassurée par le sourire de sa sœur ou trop heureuse de retrouver « les autres ».

Ils quittèrent bientôt la nationale pour

grimper sur une petite route sinueuse tracée dans une forêt de chênes. Au bout de quelques kilomètres, ils garèrent leurs véhicules au pied d'une maison en ruine. Sara prenant son sac de voyage, se réjouissait de rejoindre un groupe. « E*nfin un bout de civilisation ! »*. Ils entrèrent au rez-de-chaussée d'une petite ferme possédant encore une toiture. La cuisine était sommairement meublée mais chaleureuse. Dans un angle, un lit simple. Patrick surpris le regard de Sara et montra un petit escalier étroit.

- je dors dans le grenier, ça c'est le lit de Florence. On va t'en trouver un autre qu'on placera contre ce mur-ci.
- Qui te dis que je veux rester avec vous ? Où sont les autres ?
- Quels autres ? Nous ne sommes que deux. Tu t'imaginais rejoindre une tribu ?

Dépitée, Sara ne répond pas et sous le coup de sa déception, s'assoit sur un tabouret. Pendant ce temps, Florence prépare le déjeuner. Patrick met le couvert. Ils respectent un silence qui permet à Sara de digérer le choc. Ils ne sont que deux. *« Même pas un début de civilisation ! »*

Après le repas plutôt silencieux, Florence incite Sara à faire une sieste en lui prêtant son lit. La jeune femme ne se fait pas prier. Les émotions de la matinée l'ont vidée de toute énergie.

Le bruit des couverts posés sur la table la réveille. La nuit tombe. Elle n'en revient pas d'avoir dormi autant et en fait la remarque à ses hôtes.

« - C'est normal, lui dit Florence. Tu t'es sentie en sécurité et tu as pu dormir sans être sur le qui-vive. Viens à table, le repas est prêt. Tu vas pouvoir nous raconter ton histoire ».

Sara énumère les grandes lignes de son existence jusqu'à ce qui a motivé son départ de la caverne. Elle s'attend à un flot de questions à la fin de son récit. Il n'en est rien. Patrick prend la parole pour narrer à son tour les points essentiels de la vie de sa sœur et de la sienne. Ce sont des bretons. Lui était chef cuisinier et sa sœur institutrice. Ils ont perdu chacun leur conjoint et leurs enfants au troisième mois de l'épidémie. Ils sont partis de Bretagne, fuyant leurs souvenirs et enfreignant la loi qui les obligeait à rester dans leur région. Eux non plus ne comprennent pas pourquoi ils ont résisté au virus. Qu'avaient-ils de plus ou de moins que le reste de leur famille ?

« - dis-moi Florence, quand vous m'avez arrêtée sur la route, tu as dit à Patrick que vous n'aviez rien à craindre de moi. Comment le savais-tu ?
— ma sœur a un don. Depuis toujours. Dès qu'elle rencontre une nouvelle personne, elle sait d'instinct si celle-ci a de bonnes intentions ou pas et elle ressent les maladies graves».

Sara observe Florence qui a un rictus de gêne. *« Une mutante ! Quoique si je considère mes rêves-flash, je n'ai peut-être rien à lui envier».*

La soirée est bien avancée quand ils décident d'aller se coucher. Pendant la sieste de Sara, Patrick et Florence lui ont installé un sommier à lattes et un matelas en mousse dans la cuisine, entre un grand placard et la porte donnant sur la petite salle de bains.

Le lendemain matin, c'est la lumière du jour passant par la fenêtre en face de son lit, qui réveille Sara. Un coup d'œil vers l'autre côté de la cuisine, lui permet de voir que Florence dort toujours. Sara se lève sans bruit et s'habille. Elle sort de la pièce. Elle a besoin d'air frais. Elle s'étire et marche en direction du puits devant le bastidon. Son instinct lui fait tourner la tête à droite. Patrick adossé contre un gros platane ferme ses yeux. Elle admire son profil. « *C'est un bel homme* » pense-t-elle. Sara va se retirer sans faire de bruit lorsqu'il lui dit :

«   - Alors, bien dormi ?

     — cela fait longtemps que je n'ai pas dormi autant en vingt-quatre heures.

— J'ai vu des cartons de nourritures dans ta voiture, tu accepterais d'en partager quelques uns avec nous ?

— Bien sûr ! Je vais les chercher.

— Je vais t'aider à les porter. Que comptes-tu faire maintenant ? Retourner dans le Verdon dans quelques jours ? Nous avons compris que tu étais déçue que nous ne soyons que deux, ici. Mais, tu peux rester avec nous. Cela ferait plaisir à Florence, une compagnie féminine.

— Pas à toi ? La question directe avait fusé. Sara la regretta.

— Cela dépend de ton comportement. Car nous ne sommes pas vraiment seuls ici. Il faudra que tu te montres prudente et discrète pour ne pas nous mettre en danger. Il y a un mois, nous avons aperçu des militaires dans une jeep. Au moment où j'allais crier pour signaler notre présence, j'ai vu un civil à l'arrière du véhicule. La femme avait les poignets liés. Elle était enceinte. Florence et moi sommes restés cachés dans le bois que traversait la route. La femme s'est mise à hurler. On a compris qu'elle allait accoucher. Ils l'ont détachée et installée sur un lit de camp. Ils ont monté une tente autour. On l'a entendu crier pendant quatre heures. Puis ce fut le silence. Même pas le cri du nouveau-né. Ils ont démonté la tente. La femme était inerte sur le lit de camp, une masse rouge sur son ventre. Les militaires ont déposé ce corps sur le bord de la route et sont partis. Je suis allé voir la femme et son bébé, ils étaient morts tous les deux. J'ai failli creuser un trou pour les enterrer mais si les militaires étaient revenus j'aurais ainsi signaler notre existence. Nous perdons toute humanité ».

Patrick baisse la tête, ses yeux fixent le sol, ses épaules sont voûtées, ses mains dans les poches de son jean. *« Il a l'air tellement malheureux »* pense Sara. Elle s'approche de lui, prend ses mains dans les siennes et le regardant au fond des yeux le rassure :

« - non, Patrick, tu n'es pas inhumain, tu éprouves encore de la compassion pour les autres. Ce virus a changé beaucoup de choses, il a pratiquement anéanti toute la population, mais, nous, nous sommes encore là et ce n'est peut-être pas par hasard. »

Il l'attire contre lui et la serre dans ses bras tel un enfant qui cherche le réconfort. Sara sent qu'il tremble. *« Lui, un grand gaillard ! »* Elle n'en est que plus émue.

« - Et bien ! Vous n'avez pas perdu de temps ! » Florence se tient à quelques mètres d'eux, les mains sur les hanches, comme une mère qui surprend son adolescent en train de flirter dans le jardin. Mais elle a un sourire de connivence qui les fait éclater de rire.

Leur vie s'organise dans ces ruines cachées dans la forêt de chênes verts. Au bout de deux semaines, Sara dort à l'étage avec Patrick. Les trois réfugiés se découvrent des goûts communs et s'entendent très bien. Ils préparent l'hiver et font des conserves avec les

légumes du petit jardin créé grâce aux semences récupérées au Prieuré de Ganagobie. A la mi-octobre, Sara comprend qu'elle est enceinte. Elle ne s'y attendait pas du tout car elle approche la quarantaine. De plus, lorsqu'elle vivait avec Alex, elle ne prenait aucune contraception depuis une dizaine d'années. Elle pensait qu'elle était devenue stérile. En fait c'était son mari qui l'était.
Patrick et Florence sont ravis par l'annonce de la future naissance. *« C'est la vie qui reprend le dessus ! »*

Avant que l'automne ne prenne fin, Patrick et Sara se rendent dans le Grand Canyon du Verdon afin de récupérer les albums photo et les réserves de nourriture de Sara. Il était temps que la jeune femme trouve un autre abri car la route étroite à flan de falaise est devenue difficile d'accès. Des éboulements s'étalent sur la chaussée. Patrick a du sortir les pelles du coffre de la voiture à plusieurs reprises et user de ses forces pour faire rouler les plus grosses pierres. Le compagnon de Sara est impressionné par ce paysage sauvage fait de roche et d'eau. Quant à

Sara, la sinuosité de la petite route lui donne des nausées et c'est avec soulagement qu'une fois arrivée à destination, elle ouvre la portière de la voiture. Les deux voyageurs descendent avec précautions jusqu'à la plate-forme naturelle. Sara fait coulisser le panneau qui cache l'entrée de la caverne. Patrick posté sur le bord du balcon observe le Verdon, le bien nommé, qui trace son chemin parmi les énormes blocs de pierres grises.

« - Il y a un moyen de descendre au fond du canyon ?

– oui, il y a le fameux sentier Blanc-Martel, du nom des découvreurs du site au tout début des années 1900. Isidore Blanc était instituteur à Rougon, un village à 10 km d'ici et Edouard Martel était un ingénieur de Paris missionné par le ministère de l'agriculture afin d'évaluer la possibilité de canaliser le Verdon pour produire de l'électricité. Les travaux avaient débuté, puis se sont arrêtés à cause de la nature de la roche, incompatible avec le projet.

C'est pour cela qu'il y a de longs tunnels percés dans la paroi, dont deux d'entre eux font partie du chemin de randonnée qui descend dans le canyon et longe la rivière. En bas, le paysage est magique, fait de plages de galets, de défilés étroits, de grottes et de falaises impressionnantes. Mais tu n'as pas le temps d'y aller et de toute façon, avec tes baskets, tu n'es pas correctement chaussé.

Pivotant sur lui-même, Patrick, après avoir allumé sa lampe de poche, pénètre dans la cavité obscure. Il est admiratif devant l'aménagement réalisé par Sara.

« - tu l'a vraiment bien organisée. Cela ne m'étonne pas de toi, maintenant que je te connais.
- merci. J'avais pensé qu'on aurait pu l'habiter tous les trois en cas de nécessité mais cela n'est plus possible.
- pourquoi ? A cause des éboulements sur la route ?

- pas seulement ! » Elle pointa son index sur son ventre. Tu nous vois avec un bébé qui, à un an, commencera à marcher dans une caverne, à deux cents mètres au-dessus du fond du canyon ? »

Le retour vers leur petite maison est plutôt silencieux. Sara n'a pas le moral. Elle quitte définitivement le pays du Verdon. Encore une porte de son passé récent qu'elle ferme. *« Je suis une nomade. Mais enfin, je ne devrais pas être triste car je ne suis plus seule, et je suis même très bien accompagnée ».* Elle regarde avec affection le profil de son compagnon qui conduit.

L'hiver est long. La première neige est tombée dès le 1er novembre. Jusqu'au début du mois d'avril le trio évite tout déplacement extérieur car les traces laissées dans la neige sont faciles à suivre. Pendant la journée, ils chauffent la cuisine qu'ils occupent avec un poêle à pétrole. Dès la nuit tombée, ils peuvent allumer un bon feu de bois grâce à l'insert placé dans la vieille cheminée. La nuit, on ne voit pas la fumée. Pour passer le temps, le trio joue aux cartes et à d'autres jeux de société. Patrick s'est découvert un talent de peintre. Il a fait le portrait très ressemblant de sa sœur et de Sara. Pendant ce temps, celles-ci constituent le trousseau du nouveau membre de la famille dont l'arrivée est prévue pour fin juin. Les jeunes femmes s'initient également aux vertus des plantes médicinales grâce à des livres trouvés dans les librairies. Pour le moment, ils possèdent suffisamment de médicaments, mais il arrivera un temps où ceux-ci seront périmés. Il sera utile de savoir se soigner grâce à la pharmacie offerte par la nature.

Le trio vit dans une sorte d'osmose. Souvent, Florence se met à fredonner une chanson qui trotte dans la tête de Sara au même instant. Patrick peut se mettre à parler d'un sujet auquel l'une ou l'autre des femmes est en train de réfléchir. Après les premières interrogations sur ce phénomène, ils s'habituent et se contentent de rire chaque fois que cela arrive. Il fait bon vivre dans cette petite maison, une vie du siècle dernier.

Noël est une épreuve. Ils ont décidé de

ne pas le fêter. Étant tous les trois athées, cela ne leur pose pas de problème de conscience religieuse, mais il est difficile de chasser les souvenirs de ces jours heureux de fête familiale particulièrement réservés aux enfants. Florence ne peut se retenir de pleurer en pensant à ses deux petites filles qu'elle a mises en terre dans le jardin de sa propriété. Comment ne pas s'associer à son chagrin ? Chacun d'eux ayant perdu leurs enfants, c'est une soirée de larmes et de regrets.

L'esprit humain sait rebondir. Six jours après Noël, les trois amis fêtent le dernier jour de l'année. Florence et Sara qui se sont maquillées, portent des robes de soirée et de lourds bijoux en or. Patrick a revêtu un smoking. Le tout « prélevé » dans les magasins de Sisteron. Ils dansent et rient jusqu'à deux heures du matin. Le frère et la sœur boivent un peu trop de champagne sous le regard indulgent de Sara abstinente.

Les mois passent et dès que la terre dégèle, Patrick bêche et ensemence le jardin. Les jours sont plus longs, le soleil plus chaud.

Le sol n'est plus boueux. Ils peuvent se promener dans les alentours et vont pêcher dans la petite rivière en contrebas du plateau.

Un matin, Patrick rapporte une poule qu'il a capturée dans une ferme isolée. Tout en la maintenant contre lui, il clame, très fier de lui :

« - Regardez les filles ! Je vous ai amené le poulet du dimanche ! »

Florence et Sara salivent déjà à l'idée de manger un poulet bien rôti. Les premiers jours, chacun y va de sa recette de poulet : farci aux herbes, à l'ail, aux oignons...Mais les jours suivants, la jolie poule rousse se familiarise avec ses nouveaux propriétaires au point de sauter sur les genoux de Patrick assis sur la terrasse et de se laisser caresser par lui. En observant le volatile, le trio découvre qu'une poule c'est beaucoup plus intelligent que ce qu'on leur avait dit. Au bout d'une semaine, personne ne peut envisager de trancher la tête de l'animal. Les trois amateurs de poulet décident de nommer « le poulet du dimanche » Cocotte. Celle-ci se promène librement autour du jardin et leur donne un œuf par jour, c'est déjà bien. Le soir, elle est autorisée à entrer dans la cuisine pour y passer la nuit, à l'abri des prédateurs.

Début juin Sara entame son neuvième mois de grossesse. Leurs provisions sont presque épuisées. Il faut les renouveler. Bien qu'elle aurait souhaité les accompagner, la jeune femme laisse Florence et Patrick se rendre à Sisteron pour chercher des vivres. Pendant ce temps-là, elle se prélasse sur une chaise longue installée devant la maison. Le soleil est doux. Elle s'endort.

Une ombre passant devant sa chaise la sort de son léger sommeil. Gardant les yeux fermés pour ne pas les ouvrir face au soleil, elle s'étire de bien-être.

« - vous êtes de retour ? Tout s'est bien passé ? Vous n'avez pas oublié de prendre des couches pour le bébé, du lait en poudre et des biberons ?».

Devant le silence des ombres qui se tiennent à contre jour, Sara ouvre les yeux. Quatre militaires l'observent. La jeune femme a le souffle coupé et d'instinct recouvre son gros ventre de ses deux bras.

« - vous m'avez retrouvée !
- on ne vous a jamais perdue. Vous n'avez pas idée des moyens dont nous disposons pour traquer quelqu'un. On attendait le bon moment pour intervenir. Ceci dit, vivre dans la caverne était assez ingénieux, mais un drone vous a repérée en train d'y descendre».

Un bruissement de feuilles au fond du jardin attire leur attention. Patrick et Florence apparaissent, l'air dépité, suivis par deux militaires armés.

« - bien, maintenant que le gentil trio de résistants est au complet, vous allez mettre quelques vêtements de rechange dans un sac et vous allez nous suivre ». L'homme qui parle est grand et maigre. Sara n'aime pas son nez crochu et sa petite bouche sans lèvre. Il a une cinquantaine d'années comme ses congénères,

116

sauf un qui est beaucoup plus jeune. Ce dernier regarde Sara avec des yeux rieurs et un léger sourire qui tente peut-être de la rassurer.

Accompagnés par trois militaires, les trois « résistants » pénètrent dans leur petite maison pour y faire leurs bagages. Pendant ce temps les intrus remplissent des gros sacs de victuailles qu'ils prennent dans les placards de la cuisine.

«- On restera absents combien de temps ?
Interroge Patrick
- pas mal de temps » répond le gradé avec un rictus antipathique.

Laissant Cocotte caqueter avec véhémence devant la ferme, les trois rescapés accompagnés des militaires rejoignent les deux jeeps garées devant la première maison en ruine. Les hommes en treillis indiquent à Patrick de prendre place à l'arrière de l'un des deux véhicules. Tandis que Florence s'assoit derrière le jeune conducteur de la deuxième jeep, Sara est assignée à côté de celui-ci. Elle en profite pour l'observer brièvement, il a une trentaine d'années tout au plus. Sur sa bande patronymique est inscrit son nom de famille : Landreau. Il porte un brassard blanc avec une croix rouge. « *Un infirmier* ».

« - je vais essayer de ne pas trop secouer la jeep » lui dit-il avec un sourire réconfortant dans un accent chantant du sud-ouest.

Les deux véhicules militaires s'éloignent du hameau maintenant vraiment abandonné.

Ils roulent sur la départementale pendant une heure en direction du sud, puis s'engagent sur un chemin forestier. Sara ne veut pas se plaindre mais l'état de la route secoue les passagers, malgré qu'ils s'accrochent à deux mains à tout ce qui peut les arrimer. Au bout d'une demie-heure, Sara n'en pouvant plus, plaide sa cause au conducteur. Le jeune sous-officier la rassure en lui disant qu'ils vont bientôt rejoindre la route nationale. En effet, l'heure suivante se passe en circulant sur une voirie correctement goudronnée. L'officier installé dans la jeep de tête fait un signe pour ralentir et ils s'arrêtent enfin devant un hôtel.

Sara en colère ne peut se retenir de poser la question à son chauffeur :
« - pourquoi avoir pris ce chemin défoncé à travers la campagne pour en définitive rejoindre la route nationale ?
- le chef a peut-être voulu prendre un raccourci à sa façon ? Ou perturber votre sens de l'orientation » Répond Landreau avec une mou dubitative tout en aidant Sara à descendre du véhicule.

Inquiets pour la santé de la future maman, Patrick et Florence les rejoignent. Sara bien que fatiguée, et sûrement couverte de bleus, rassure le frère et la sœur. Elle les devance à petits pas, se dirigeant vers l'hôtel. Arrivée devant l'entrée, elle se retourne et les surprend en train d'échanger des paroles à voix basse. Le regard que pose l'institutrice sur le dos du jeune Landreau suffit à faire comprendre à Sara que ce dernier n'a pas la confiance de Florence. « *Bien sur, ils ne me diront rien pour ne pas m'inquiéter. »*

Le petit hôtel n'est pas récent mais il a été correctement rénové. Dans le hall, un miroir couleur bronze recouvre tout un mur. Lui faisant face, un large escalier permet aux voyageurs de se rendre à l'étage qui dessert une dizaine de chambres. Le couloir y est étroit mais la moquette épaisse apporte une note de confort. Sara peine à monter les marches, elle se sent épuisée par le trajet. L'officier au nez crochu qui s'est présenté sous le nom de Corbeille affecte les huit chambres nécessaires au groupe. A peine allongée sur le grand lit de celle qu'elle partage avec Patrick, la jeune femme s'endort. C'est une odeur de soupe de légume qui la réveille. Sur sa table de nuit, un bol plein d'un liquide épais et fumant. Sara s'en empare et avale goulûment le délicieux potage. Elle se lève et remet ses chaussures.

Dans le grand salon du rez-de-chaussée, Sara retrouve toute l'équipée. Patrick est en pleine conversation avec le lieutenant Corbeille. Florence, à leurs côtés, les écoute.

Trois des militaires sont affalés sur les fauteuils. Ils jouent à des jeux électroniques. Il y a des verres plus ou moins remplis de liquide de couleurs différentes sur les tables basses. Les larges fenêtres laissent voir la nuit qui tombe. La salle est éclairée par de grosses lampes solaires dont la couleur verte indique qu'elles font partie du matériel de l'armée. *« Il ne manque plus qu'une musique d'ambiance et on oublierait presque que nous sommes les témoins de l'agonie de l'humanité »*.

Au moment où Sara rejoint son compagnon, une large porte s'ouvre à côté du bar et un militaire bedonnant clame : « le repas est servi ! » La salle à manger mitoyenne est composée d'une dizaine de tables rondes pour quatre couverts chacune. Le trio de « résistants » choisit une table près d'une grande fenêtre, bientôt rejoint par le lieutenant Corbeille. Sara qui voulait poser des questions à Patrick sur la conversation qu'il venait d'avoir avec le chef, est agacée mais ils n'ont pas d'autre choix que d'accepter la présence de l'antipathique individu. Est-ce pour détendre l'atmosphère que Florence se met à poser des questions sur l'accent chantant de Landreau et de fil en aiguille sur la vie privée de celui-ci ?

Ainsi, ils apprennent que le jeune sous-officier originaire du Gers a vingt-huit ans. Il a fait des études de médecine avant de s'engager dans l'armée. Il était marié et père d'une petite fille d'un an avant la pandémie. Elles sont décédées alors qu'il était en mission à Paris. Ce n'est pas un bavard, il se tient toujours à l'écart de ses collègues, mais ceux-ci n'en font pas cas, vu la différence d'âge. Corbeille met fin à son petit récit en se levant de table. Il annonce d'une voix forte à la cantonade :

« -Vous êtes priés de vous retirer dans vos chambres. Rendez-vous demain matin à sept heures dans la salle à manger. Départ de l'hôtel à huit heures précises. »

Tout le monde se lève de table en repoussant bruyamment sa chaise. Sara qui baille depuis un bon moment, s'adresse à son compagnon :

« - Merci pour la soupe, elle était

délicieuse. C'est toi qui a demandé au cuistot de la préparer pour moi ?

> — quelle soupe ? Je n'ai rien demandé.

> — C'est toi que je dois remercier Florence ?

> — Non, cela n'est pas de mon initiative. J'ai vu passer Landreau avec un bol fumant.

> — Ah, c'est lui que je remercierai demain matin alors. Je suis trop fatiguée ce soir. Je tiens à peine debout.

Ils ont tous rejoint leur chambre. Sara fait sa toilette à l'eau froide et se couche. Elle attend que Patrick à son tour sorte de la salle de bains pour lui demander ce que l'officier lui a dit concernant leur devenir. Quelle est leur destination ? Que veulent faire les militaires du trio ? Et tant d'autres questions qu'elle s'est retenue de poser jusqu'à présent. Mais confortablement installée dans le lit, Sara s'endort immédiatement.

La sensation d'être mouillée jusque

dans le dos et une crampe au niveau de son ventre la réveille. Elle allume la lampe de poche posée sur sa table de chevet et la dirige sur le matelas. *« Trempé ! Non, pas maintenant, c'est trois semaines trop tôt au moins!* » Elle réveille non sans mal Patrick qui comprend la situation en un seul regard.

« - Va prévenir Florence que j'ai déjà perdu les eaux. J'ai des contractions mais je ne sais pas à quel intervalle. Pourquoi ne me suis-je pas réveillée plus tôt ? Cela ne se passe pas du tout comme pour ma première grossesse ».

Dix minutes plus tard, Florence qui a pris le temps de s'habiller, pénètre dans la chambre accompagnée par Landreau portant un gros sac estampillé de la croix rouge. Une forte contraction saisie Sara.

L'accouchement ne dure que trois heures. C'est le jeune infirmier qui aide la petite fille à naître en la tirant doucement du ventre de sa mère. Il coupe le cordon et pendant que Florence lave le bébé, il fait le nécessaire pour récupérer le placenta. Patrick, blanc comme un linge, assis sur une chaise à côté du lit lutte pour ne pas tomber dans les pommes. Une naissance se fait dans le sang et la douleur de la mère.

Des applaudissements montent du séjour pour souhaiter la bienvenue à Eva dont la petite tête est couverte de fins cheveux blonds. En guise de berceau, on sort un grand tiroir d'une commode pour y placer un oreiller moelleux. Les militaires n'avaient pas voulu que Sara emporte le couffin, seulement un sac avec les petits vêtements, les biberons, le lait en poudre et un sac de couches jetables.

En raison de l'événement précipité, le séjour à l'hôtel est prolongé de cinq jours. Les militaires en profitent pour réviser leurs véhicules, faire l'inventaire de leur stock de munitions et s'offrent quelques moments de détente. Deux d'entre eux se sont rendus à la ville voisine et sont revenus avec un couffin pour Eva.

Patrick et sa sœur ont informé Sara des intentions de Corbeille à leur sujet. Il doit les amener dans un camp militaire dont il n'a pas indiqué le lieu. Là, ils subiront des tests permettant de découvrir d'où vient leur immunité. D'après le lieutenant, les survivants sont plus nombreux que ce que le trio pense. Mais très peu sont résistants au virus. Une fois qu'ils auront subi l'ensemble des tests, ils pourront retourner à Ganagobie ou ailleurs. Florence confie qu'elle n'est pas convaincue par les affirmations de Corbeille mais celui qui l'inquiète davantage est Landreau.

« - Dès que je l'ai vu, j'ai ressenti un malaise. Les autres ne sont pas sympathiques mais lui, il sourit en permanence, ne lève jamais la voix, il est attentionné avec Eva et prévenant avec Sara et moi, mais...

- peut-être que pour une fois tu te trompes. Je n'ai rien vu de suspect dans son comportement mais c'est vrai que je n'ai pas ton don ! » Même Sara s'étonne du ton acerbe qu'elle vient de prendre en interrompant Florence. Pourquoi est-elle agacée ? *«Je commençais à avoir confiance en Landreau. Il a l'air si gentil. Il s'occupe si bien d'Eva. Je pensais lui proposer de nous accompagner*

126

dans notre prochaine fuite. Les convictions de Florence cassent mes espoirs d'agrandir notre groupe et surtout pointe du doigt ma naïveté incurable.»

Sara a du mal à se remettre. Elle est beaucoup plus fatiguée que pour son premier accouchement. Mais comme Landreau lui fait remarquer avec tact : elle a dix-huit ans de plus. La petite Eva la réveille toutes les trois heures la nuit pour boire son biberon. Comment un si petit bout d'humain peut-il avoir un cri si strident ? Le deuxième jour, Florence encourage Sara à se lever du lit et à se rendre dans le jardin de l'hôtel pour marcher un peu et respirer l'air frais. Le soir, Landreau en tant qu'infirmier, insiste pour que Sara prenne part au dîner. Après celui-ci, ils se réunissent tous dans le salon pour boire un délicieux chocolat chaud. Le bedonnant cuistot a trouvé une grosse boîte de chocolat en poudre dans la cuisine. Luxe suprême en ces temps de pénurie.

Le troisième matin, Sara se réveille alors que le jeune infirmier est assis en face du lit, tenant dans ses bras Eva en train de boire son biberon. A observer le sourire de Landreau, il est évident qu'il prend plaisir à ce qu'il fait. « *ce devait être un vrai papa poule pour sa petite fille. C'est lui aussi qui stérilise les biberons d'Eva et surveille la cicatrisation de son nombril* »

« - qu'est-ce que vous faîtes ici ?
- vous n'avez pas entendu les cris d'Eva ?
- non, je n'ai rien entendu. Patrick non plus apparemment puisqu'il dort encore.
- pourtant ses cris nous ont tous réveillés. La première fois à trois heures, puis à six heures et maintenant. Ne vous inquiétez pas je lui ai donné son biberon à chaque fois.
- oh ! Je suis désolée. Merci. Quel heure est-il ?
- neuf heures.
- déjà ? Pourtant d'habitude, je suis matinale. J'ai la tête lourde et je me sens vaseuse.
- c'est normal. Cela va passer d'ici quelques jours.

Après s'être assurés que le bébé dort à poings fermés, ses parents descendent dans la salle à manger pour retrouver Florence. Celle-ci, très pâle, est visiblement inquiète. Ils parviennent à s'isoler de la troupe tout en sirotant un café. Florence se met à chuchoter :

« - quelque chose ne va pas. Je suis en permanence fatiguée et moi qui ai le sommeil léger, je dors maintenant comme un ours en hibernation. Je suis sûre qu'on nous drogue le soir. Je soupçonne le chocolat chaud offert après le dîner.
- mais tout le monde en boit, même les militaires. Or, cette nuit, ils ont tous été réveillés par les cris d'Eva. C'est Landreau qui me l'a dit. Cependant, il est vrai que j'ai du mal à me lever le matin et Patrick dort plus que d'habitude aussi.
- J'ai remarqué que Landreau et le cuistot servent les mugs de chocolat sur deux plateaux de couleur différente, un orange et un rouge. Nous avons toujours les tasses de chocolat placées sur la plateau orange. Ce soir, il faut que l'un de nous attire leur attention pour que j'ai le temps d'inverser les tasses des plateaux. Demain, au petit matin, nous profiterons de leur lourd sommeil pour s'enfuir. Tu te sens

capable de faire un long parcours Sara ? Nous changerons de véhicule dès que nous le pourrons.

- j'ai vu qu'ils laissent les clefs des jeeps derrière la banque de l'accueil. On emportera aussi la clef du deuxième véhicule, ça nous laissera du temps pour disparaître.

Le soir, après le dîner, au moment où Landreau et le cuistot apportent les chocolats chauds, Sara feint un malaise et s'écroule sur le sol. Tout le monde se précipite à son secours, Patrick le premier. Accroupi près de sa compagne, deux doigts posés sur son cou il crie d'une voix étranglée : « elle ne respire plus ! ». L'infirmier pousse du coude le groupe qui se penche vers la jeune femme inerte. Pendant ce temps Florence officie. Il faut bien une minute pour que Landreau rassure l'assistance. Ce n'est qu'une syncope due à la fatigue normale des accouchées. Les tasses ont changé de plateau.

Avant de monter se coucher, Sara précise à Landreau qu'il n'est pas nécessaire qu'il donne le biberon à Eva cette nuit. Patrick souhaite s'impliquer en tant que papa. Le jeune homme acquiesce en répondant qu'il ne serait pas contre une bonne nuit de sommeil complète.

De retour dans leur chambre, Sara et Patrick préparent leurs bagages. Comme chaque soir, la jeune femme, avant de se coucher, sort son cahier du tiroir du petit bureau. Elle écrit une page, mais n'arrive plus à garder ses yeux ouverts. Elle ferme le cahier et le laisse sur le bureau. Demain matin, quand ils partiront au petit jour, elle le glissera dans son sac à dos. Pour le moment, Sara rejoint son compagnon allongé sur leur lit, pour quelques heures de sommeil. Au milieu de la nuit, un rêve étrange la réveille : elle est comme aspirée dans un long tunnel au bout duquel une lumière blanche aveuglante l'accueille. Son fils et quelques membres de sa famille viennent à sa rencontre, heureux de la revoir. Elle ressent à la fois une grande joie et une sérénité bienfaisante. *« C'est la deuxième fois que je fais ce rêve. La première fois, j'avais environ dix ans. Ma grand-mère italienne était venue m'accueillir à la sortie du tunnel. J'étais heureuse de la revoir, mais elle m'a dit : «ce n'est pas le moment, il est trop tôt, tu dois retourner d'où tu viens.» J'ai ressentie une grande déception et j'ai été aspirée par le tunnel pour revenir à mon point de départ.»* Sara regarde le réveil : vingt-deux heures vingt-trois. Elle doit dormir encore. Patrick lui a dit qu'il se chargeait des biberons d'Eva pour cette nuit.

A cinq heures, le lendemain matin, quelqu'un gratte à la porte de leur chambre. Sara et Patrick se lèvent, ils ont dormi tout habillé pour gagner du temps. Le jeune père fait entrer sa sœur dans la pièce. Sara s'empare de son sac à dos et se tourne vers le couffin de leur fille.

« -Le couffin n'est plus là ! »

Tous les trois sortent de la chambre et se précipitent dans l'escalier que Landreau est en train de descendre, transportant le berceau en osier d'une main et tenant le cahier de Sara de l'autre.

« - où allez-vous avec Eva ? Et qui vous a autorisé à prendre mon cahier ? »

Landreau ne répond pas. Il ne se retourne même pas et continue à descendre les marches tranquillement.

« Sara vient de vous poser deux questions Landreau ! Êtes-vous devenu sourd ?! » Crie Patrick.

Le jeune militaire est maintenant au bas des marches, rejoint très vite par Sara et Patrick, suivis de Florence. Le trio entoure l'homme qui pose le couffin par terre et tout en regardant Eva avec affection dit :

« - Tu verras ma fille, nous allons avoir une vie très heureuse toi et moi. Quand tu seras plus grande, je te lirai ce que ta mère a écrit, ainsi, tu connaîtras tes racines. C'est probablement le dernier livre rédigé sur cette terre. Tes parents et ta tante allaient subir une multitude de tests dans un laboratoire dont ils ne seraient jamais sortis. Ils se sont crus plus malins que moi en échangeant les tasses des plateaux, mais vois-tu mon ange, elles étaient toutes empoisonnées. Et moi je n'ai rien bu. J'ai vidé la mienne dans un pot de fleurs.

– non mais vous êtes devenu fou ? Crie Sara, la main se tendant vers les anses du couffin.

Quelqu'un pousse son coude. Elle se retourne et voit le visage de Florence aux yeux agrandis de stupeur. Patrick à ses côtés s'est figé. Alors Sara regarde dans la même direction. Sur le grand miroir mural, il n'y a que le reflet de Landreau reprenant le couffin en main et se dirigeant vers la sortie. Un mouvement dans son champ de vision latéral attire l'attention de Sara vers la salle de restaurant. Un couple d'une cinquantaine d'années est attablé. La femme est habillée d'un long tablier blanc sur une jupe et jupons larges, l'homme porte sa tenue de cuisinier. Ils se tiennent par la main posée sur la table et sourient à Sara. Elle comprend alors que Florence, Patrick et elle-même viennent de passer de « l'autre côté ». Dehors, une splendide moto jaune se gare devant l'hôtel. Le

134

motard enlève son casque. Il a de beaux yeux bleus et le regard qu'il adresse à Sara est chaleureux. « *Comment puis-je voir ces détails alors que je suis à l'intérieur de la maison ? Et comment je sais d'instinct que ces gens ne sont plus vivants ?* » Il leur faudra un temps d'adaptation à cet autre univers où les notions de temps, de distance et de matière sont différentes. Soudain, Sara a une vision fugitive : de la lignée de sa fille, une grande jeune femme blonde court. Sa peau est bronzée, son corps athlétique est sommairement vêtu. Elle contourne de gros rochers gris aux formes arrondies. Elle est poursuivie par trois chasseurs.

Pays du Verdon, Mars 2010
Petit à petit, l'homme s'était approprié la planète. Il détruisait les forêts, polluait la terre et les océans. Il tuait les animaux. Jusqu'au jour où le plus minuscule d'entre eux les a vengés.

© 2020, Précardi, Fabienne
Edition : Books on Demand,
12/14 rond-Point des Champs-Elysées, 75008 Paris
Impression : BoD - Books on Demand, Norderstedt, Allemagne
ISBN : 9782322236619
Dépôt légal : septembre 2020